FeltrinelliKIDS | saggistica narrata

ALBERTO 1ª B

W0332294

Gigliola Alvisi, Luca Cognolato, Emanuela Da Ros,
Silvia del Francia, Giuliana Facchini, Beppe Forti,
Chiara Lorenzoni, Laura Walter

ARAMBÌ

INSIEME PER DARE UNA MANO ALLA TERRA

Testi scientifici di Gianluca Lentini
Illustrazioni di Fabio Sardo

Feltrinelli KIDS

© Giangiacomo Feltrinelli Editore Milano
Prima edizione in "Feltrinelli Kids" ottobre 2019

Storie di:
GIGLIOLA ALVISI, LUCA COGNOLATO, EMANUELA DA ROS,
SILVIA DEL FRANCIA, GIULIANA FACCHINI, BEPPE FORTI,
CHIARA LORENZONI, LAURA WALTER

Testi scientifici:
GIANLUCA LENTINI

Illustrazioni interne e di copertina:
FABIO SARDO

Stampa Grafica Veneta S.p.A. di Trebaseleghe – PD

ISBN 978-88-07-92316-6

FSC
www.fsc.org
MISTO
Carta
da fonti gestite in
maniera responsabile
FSC® C021883

www.feltrinellieditore.it/ragazzi
Libri in uscita, interviste, reading,
commenti e percorsi di lettura.
Aggiornamenti quotidiani

IL RAZZISMO
È UNA
BRUTTA STORIA.
razzismobruttastoria.net

Alle foreste della Terra,
senza di loro non potremmo esistere,
e a tutti i lettori che trovano
nei libri il coraggio di fare una scelta.

Fare insieme

L'ultimo giorno di ottobre 2018 una tromba d'aria paragonabile a fenomeni tropicali colpiva le Dolomiti, abbattendo una quantità incalcolabile di alberi. Il giorno successivo, quelle montagne, così come le conoscevamo, non c'erano più: un intero ecosistema era andato distrutto.

Sappiamo già da molti anni che il clima sta cambiando a causa del comportamento umano, eppure quel giorno la realtà fece prepotentemente irruzione nelle nostre vite.

Nei giorni successivi, Silvia del Francia ha contattato alcuni autori per capire cosa si poteva fare insieme: non potevamo più limitarci alla raccolta differenziata. Dovevamo fare qualcosa di più "rumoroso" per urlare la necessità di cambiare rotta. Noi non siamo industriali né politici né milionari, ma volevamo provarci con quello che sappiamo fare: scrivere storie.

Ed ecco Arambì: otto autori per ragazzi che hanno chiesto aiuto a un geofisico, a un illustratore e a una casa editrice, che ci ha subito sostenuto, per realizzare il progetto.

"Arambì" è il suono di una parola swahili che significa: fare insieme. È il grido dei pescatori che tirano a riva le reti, è il richiamo della gente che lavora insieme a beneficio della comunità.

Raccontiamo diciotto storie di persone che sono riuscite in Italia e nel mondo a fare qualcosa di positivo ed efficace per provare a fermare il disastro nel quale siamo immersi. Ci auguriamo che, leggendole, diano anche a voi la spinta o l'occasione per fare.

L'agire quotidiano di ognuno di noi si ripercuote sull'equilibrio del pianeta. Continuando a comportarci in modo miope, trasformeremo presto la Terra in un luogo inabitabile per noi umani. Lei sopravvivrà, saremo noi a estinguerci.

Cambiare è possibile, siamo ancora in tempo per diventare protagonisti di altre storie positive. Ecco perché abbiamo scelto di devolvere i diritti della vendita di questo libro a progetti il cui obiettivo è ripulire il mare dalla plastica, migliorando non solo la vita dei pesci ma anche quella di un animale ben più comune e diffuso che se ne va in giro su due gambe… e che ci troviamo sempre tra i piedi.

Ad accompagnarvi lungo quest'avventura ci sarà Silver, una guida robot molto informata sui fatti.

Buona lettura! Siate parte di una comunità solidale di persone che, stanche e felici, la sera tirano a riva la rete gridando: "Arambì!".

Arambì

Un granchietto di nome Silver

ALESSANDRO ARBI (Italia, 1986-)

di Silvia del Francia

Alessandro inspira il profumo del sale e starnutisce. È da un po' che se ne sta con i piedi affondati nella sabbia umida a guardare le onde che si infrangono sulle rocce, cercando di separare i pensieri che oggi sono appiccicati tra loro, come ricci agli scogli.

Dopo aver letto la mail di Marcello, ha sentito il bisogno di venire qui, per controllare con i suoi occhi.

Il mare è così bello, anche d'inverno, che gli sembra impossibile credere a quello che il suo amico gli ha scritto: "Ogni anno, oltre otto milioni di tonnellate di plastica finiscono nei mari e negli oceani".

È come se ogni minuto si rovesciasse in mare un camion di plastica, pensa rabbrividendo.

Marcello è un ricercatore dell'Istituto di Biorobotica della Scuola Sant'Anna di Pisa e assieme a Cecilia, che è il suo capo, sta lavorando a un progetto per analizzare le microplastiche presenti nelle acque del mare e nelle pance dei pesci, per poi riuscire a ripulire i fondali dalla plastica che vi si è depositata.

"Qui bisogna fare qualcosa e tu potresti darmi una mano." Marcello ha concluso così la mail. Non ha scritto "ciao" o "ci vediamo", ma un bel "facciamo qualcosa insieme" .

Per Alessandro è facile lasciarsi contagiare da quell'entusiasmo. La passione e il rispetto per la natura li ha ereditati dai

nonni, come se glieli avessero passati con la tazza di latte che trovava ad attenderlo ogni mattina.

È fatto così: già da piccolo trovava stupefacente la forza con la quale le piante di pomodori crescevano nell'orto o la presenza di tesori di carote e patate che scopriva sotto terra.

Un granchietto passa veloce vicino alla scarpa, schivando un'onda. È a questi crostacei che Marcello si è ispirato per progettare Silver, il robottino che scenderà fino a una profondità di duecento metri.

Adesso Silver è pronto per iniziare il suo lavoro.

Alessandro corre in ufficio, vuole convincere il suo socio Maurizio, che è suo zio, e Lorenzo, suo cugino, ad aderire a questo progetto.

"Visto che i mari e gli oceani generano metà dell'ossigeno che respiriamo e assorbono più del 30 per cento dell'anidride carbonica che produciamo ogni anno, agli uomini dovrebbe importare molto la loro salute," spiega accalorandosi.

"Be', sono anni che in azienda ci impegniamo per migliorare la produzione, per renderla più sostenibile. Abbiamo anche ridotto la quantità di plastica che usiamo per confezionare i nostri surgelati," gli fa notare lo zio Maurizio.

"Cercando di mettere in pratica quella che gli esperti chiamano economia circolare," aggiunge Lorenzo.

"Proprio per questo non vedo l'ora di farvi conoscere Marcello, Cecilia e il loro granchietto robot. Ci stanno aspettando in laboratorio. Sono sicuro che quando vedrete Silver in azione vi verrà voglia di adottarlo," continua Alessandro. "E poi è importante pensare al futuro di chi verrà dopo di noi. Con tutti i luoghi meravigliosi che ci sono!"

Alessandro, che è diventato ingegnere, appena può parte con la sua barca per scoprire quanto è bella la Terra.

Dopo essere tornati dal laboratorio, Maurizio, Alessandro e Lorenzo Arbi hanno deciso che insieme possono fare qualcosa per un bene che è di tutti: il mare.

È grazie al loro impegno che il granchietto Silver presto potrà scendere in acqua e iniziare la Blue Resolution.

L’inquinamento degli oceani

Ciao, io sono **Silver 2**, un robot di nuova generazione che vi guiderà negli approfondimenti scientifici di questo libro. Finora la maggior parte dei veicoli sottomarini non entrava in contatto con il fondale per evitare danni a se stessi e all’ambiente. I miei creatori, invece, per il mio progetto si sono ispirati agli animali marini che dimostrano fantastiche capacità di movimento e ancoraggio, come i granchi. Perciò, se volete, potete chiamarmi anche **Granchietto Silver**, non mi offendo!

Ho gambe speciali, che posso posizionare in punti specifici evitando di danneggiare substrati fragili, posso saltellare su terreni accidentati non esplorabili con mezzi tradizionali o anche mantenermi immobile, risparmiando energia e garantendo una maggiore accuratezza delle mie analisi.

Sono nato all’interno del grande progetto **Blue Resolution** che ha tre obiettivi:

1. monitorare le micro e le macroplastiche affondate, quelle che non si vedono ma che sono presenti nel mare in quantità molto superiore a quelle galleggianti;
2. intervenire per pulire il fondale, raccogliendo i rifiuti nella stazione Silver+, una specie di enorme bidone sottomarino dell’indifferenziato;

3. utilizzare i dati e la plastica raccolti per aumentare la conoscenza, la collaborazione e la consapevolezza sul problema.

La presenza dei rifiuti in mare è dovuta a molte attività umane. Tra quelle rintracciate dagli scienziati come responsabili dell'inquinamento ci sono la pesca, durante la quale si possono disperdere attrezzature in acqua, e il trasporto delle merci via mare. Dai carichi sulle navi, infatti, possono cadere oggetti in acqua. Inoltre, quando consumiamo prodotti per strada, in spiaggia, nel giardino della scuola, il vento e le correnti dei fiumi possono portare gli imballaggi fino al mare. Per questo la consapevolezza sul problema è il primo importantissimo passo per poterlo risolvere.

Dalla Rivoluzione industriale le plastiche si sono diffuse in tutto il mondo e in tutti gli aspetti della vita umana: vi sfido a pensare a qualcosa, in casa vostra, che non abbia almeno un componente di plastica!

Si calcola che tra il 50 e l'80 per cento dei detriti inquinanti che finiscono negli oceani siano plastiche, che impiegano molto più tempo del legno o della pietra a biodegradarsi. Si è stimato che, dal 1950, si siano prodotti 8,5 miliardi di tonnellate di plastica e di questi ormai oltre 6 miliardi siano rifiuti.

Negli oceani le plastiche entrano, ahimè, nella catena alimentare: sono ingerite da pesci, crostacei e cetacei. Nel 2050 negli oceani vi saranno probabilmente più detriti di plastica che pesci. Nel Pacifico settentrionale esiste addirittura una grande area dove galleggiano plastiche di ogni genere, chiamata **Pacific Trash Vortex** (Vortice di immondizia del Pacifico), le cui dimensioni vanno da oltre due volte la grandezza dell'Italia fino all'intera superficie dell'Europa.
L'eliminazione delle plastiche dagli oceani è un'iniziativa fondamentale per salvaguardare la biosfera terrestre, ma è altrettanto importante, in generale, **ridurre l'utilizzo delle plastiche** a favore di materiali più facilmente riciclabili e biodegradabili. Per ridurre la presenza di rifiuti in mare, sarebbe bene usare meno plastiche monouso, che molti consumatori distratti abbandonano nell'ambiente; produrre meno rifiuti e gestirli meglio, riciclandoli il più possibile. I rifiuti, infatti, sono vere e proprie risorse! Occorre anche sviluppare nuove soluzioni e materiali a ridotto impatto ambientale e comprare prodotti riparabili dalla vita più lunga – non usa e getta!
In altre parole, tutti ma proprio tutti devono sapere che solo producendo prodotti sostenibili e consumando in modo sostenibile possiamo migliorare la salute dell'ambiente e delle risorse, da cui dipende anche la nostra! E voi avete altre idee?
Io scendo a 200 metri di profondità per pulire il mare. Per quanto riguarda la terra ferma, cominciate intanto a occuparvene voi?

Il diritto di avere un cervello

ELLEN SWALLOW RICHARDS (Usa, 1842-1911)

di Gigliola Alvisi

"Senti un po', Elli: ieri hanno arrestato altre tre suffragette inglesi," la voce maschile arriva da dietro il quotidiano.

"Robert, non ti pare un controsenso per la Regina Vittoria? Le donne inglesi possono diventare regine, ma non possono votare. E non va meglio a noi americane nel Nuovo Mondo! Avevano salutato il Novecento come il Nuovo Secolo del Progresso... e ora non solo non possiamo votare, ma non ci riconoscono neppure il diritto a un cervello!" sbuffa Ellen.

Robert abbassa il quotidiano e le sorride divertito: adora quello sguardo azzurro che diventa ancora più luminoso quando la moglie polemizza. Cioè quasi sempre.

Ellen Swallow era già famosa prima di sposarsi: nel 1873 era stata la prima donna a laurearsi al Mit, la prestigiosa università di tecnologia del Massachusetts, e aveva creato un laboratorio sperimentale di chimica sanitaria frequentatissimo dagli studenti. Eppure, quando aveva chiesto una cattedra, i colleghi gliel'avevano negata: una donna professore al Mit?! Figurarsi... Allora Ellen aveva lasciato l'università e aveva promosso dei corsi serali di scienze per insegnanti, per dimostrare al mondo che la mente femminile poteva comprendere anche le materie scientifiche.

Erano i primi anni dell'industria americana, ricorda Robert girando la pagina del quotidiano, ed Ellen già rifletteva sugli

effetti che gli scarti delle lavorazioni avrebbero avuto sull'ambiente.

Il ministero della Sanità del Massachusetts le affidò un'indagine sullo stato delle risorse idriche e lei, per la prima volta, predispose gli standard di qualità delle acque e le tabelle di purezza. I risultati confermarono che l'operato dell'uomo influiva sull'ambiente. Approfondì allora il rapporto fra le malattie e l'esposizione dell'uomo ad acqua, aria e alimenti contaminati. Robert ricorda ancora quello che Ellen gli aveva detto: "Dobbiamo battezzare questa nuova scienza. La chiameremo 'ecologia', devo averlo letto da qualche parte... Sarà la scienza del vivere in modo giusto. Si occuperà di ogni azione dell'uomo, persino di quelle delle casalinghe".

Era un'idea rivoluzionaria: per la prima volta le donne di casa sarebbero diventate un modello di cambiamento. Ellen aveva scritto quindici libri sul tema, e aveva sperimentato nella loro abitazione soluzioni ecologiche: via le pesanti tende che bloccavano la luce, finestre aperte spesso per cambiare aria e uso modesto del caminetto, che bruciava l'ossigeno e riempiva l'aria di cenere.

E, siccome era testarda, aveva proposto al Mit un nuovo corso di studi in ecologia umana, che riunisse l'educazione ambientale e quella alimentare. Il giorno precedente le era arrivata la risposta.

"Robert, io propongo al Mit una visione d'insieme della vita che tenga conto dell'uomo, dell'ambiente e dell'industrializzazione. Loro, per ripicca, mi rispondono che la nuova via della scienza è l'estrema specializzazione. Secondo il Mit la mia scienza non è più di moda!" sbotta Ellen.

"La verità, cara Elli, è che non sei ancora di moda, tu sei troppo moderna perfino per il Nuovo Secolo!"

Il pianeta Terra e il suo clima

Avete idea di quanto sia speciale il pianeta su cui vivete? La Terra è, per il momento, l'unico corpo celeste sul quale abbiamo prova dell'esistenza della vita, dai batteri alle piante, agli animali, alla specie umana.
La storia che avete appena letto racconta dell'"ecologia".
Ecologia è una parola che mi piace molto! Come tanti termini scientifici, viene dal greco, da *oikos*, che significa "casa, ambiente", e *logos*, che significa "studio". L'ecologia studia le relazioni tra l'uomo, le altre specie viventi, animali e vegetali, e l'ambiente in cui vivono.
Questa scienza considera noi e tutto quello che ci circonda come una cosa unica, indivisibile. Il nostro pianeta infatti funziona proprio così: la Terra è un organismo unico, i cui componenti sono tutti in un equilibrio sempre mutevole e molto complesso, con le sue regole e le sue leggi.
Sapete quali sono i componenti dell'organismo Terra?
Quello a cui appartenete voi (non io, che sono un robot!), ossia la specie umana, si chiama **antroposfera**.
La **biosfera** comprende tutto il resto della vita, visibile e invisibile, che striscia, che salta, che vola, che nuota, che prende il sole e che mette radici.

La **geosfera** comprende tutto quello che sta sotto i nostri piedi dalla crosta terrestre fino al nucleo, metallico e caldissimo.
L'altro importante componente è l'**atmosfera**, nella quale siamo immersi e che respiriamo, mentre le acque del pianeta – liquide (oceani, mari, fiumi, acque sotterranee) e solide (le calotte glaciali, i ghiacciai) – appartengono all'**idrosfera** e alla **criosfera**.
Tutti questi componenti interagiscono continuamente: le foreste respirano e alimentano l'atmosfera, l'atmosfera e l'oceano si scambiano materia ed energia, i continenti si spostano e si rimodellano, mutando l'atmosfera con le eruzioni e la composizione degli oceani con l'erosione, la vita evolve e si modifica con il resto del pianeta, e l'uomo... be', l'uomo ha un impatto fortissimo, perché produce energia, costruisce, si sposta, viaggia, e perché ha sviluppato l'agricoltura e l'allevamento. A un certo punto della storia, l'uomo ha compreso il suo impatto sul pianeta e ha deciso di fare "ecologia", di cominciare o di ricominciare a comportarsi in maniera armonica con il resto della Terra.
La Terra ne ha bisogno. Tutto quello che succede sulla sua superficie si manifesta nel **clima**, che per il nostro pianeta è un po' **come un termometro**: registra tutti i cambiamenti e fornisce la misura dell'equilibrio e del suo stato di salute. Il clima è sempre mutato nei 4,6 miliardi di anni di vita della Terra, ma negli ultimi decenni questo cambiamento è diventato più veloce e si è manifestato nell'aumento delle temperature. È come se la Terra avesse la febbre, in tutte le stagioni e a tutte le latitudini, a causa dell'impatto fortissimo delle

attività umane. Questa febbre si chiama **riscaldamento globale**.

Fare "ecologia" significa intervenire insieme per far passare la febbre al nostro pianeta e mantenere la specie umana in equilibrio con il resto dei componenti della Terra.

Un impermeabile giallo molto arrabbiato

GRETA THUNBERG (Svezia, 2003-)

di Luca Cognolato

Greta, quindici anni, prepara lo zaino, entra nello studio dei genitori e spegne la luce.

"Greta!" si lamenta una voce dalla poltrona.

"C'è luce sufficiente per leggere papà, non serve sprecare energia."

Sono ormai sei anni che a Greta è venuta la mania ecologica e tutti in famiglia sperano che le passi presto. La colpa è di quell'insegnante delle elementari che le ha parlato del cambiamento climatico. La razza umana sta rendendo il mondo in cui vive inabitabile per quelli che verranno dopo.

"Buona scuola," dice la mamma, sorridendo mentre lei esce indossando il suo impermeabile giallo.

"Grazie, ma oggi non vado a scuola. Vado al parlamento: inizio lo *Skolstrejk för Klimatet*."

I due genitori la guardano attoniti.

All'inizio si aspettava una folla di ragazze e ragazzi della sua scuola, seduti accanto a lei, ma nessuno ha voluto imitarla. Non importa, meglio fare qualcosa di piccolo che non fare nulla.

Siede sul marciapiede del parlamento svedese, accanto al suo cartello: SCIOPERO SCOLASTICO PER IL CLIMA. I passanti si fermano, la guardano e leggono.

Un signore, con dei lunghi baffi biondicci da tricheco, commenta: "Ogni scusa è buona per saltare la scuola, eh?".

"Bambina, la scuola è importante per il tuo futuro," aggiunge una donna.

WE DON'T
AVE A
LANET B
SKOL

"Signora, a me piace andare a scuola, ma questo lo faccio proprio per avere un futuro."

"Una piccola ribelle," borbotta un altro. "Ci sono i politici per queste cose, i tuoi genitori non te l'hanno detto? Lascia che se ne occupino gli adulti."

"Lei non crede che tutto questo lo abbiano combinato proprio i grandi? Adesso tocca ai piccoli ripulire tutto. Se non lo facciamo noi, non lo farà nessuno. E se non ci arrabbiamo per questo, per cosa dovremmo farlo?"

Si ferma anche un gruppo di ragazzi più grandi, scherzano, si spingono.

"Bambina, lascia perdere, è tutto uno schifo… Non c'è più speranza."

Ma Greta non è una che lascia perdere.

"Non è una scusa per non fare niente. Bisogna fare qualcosa, solo così tornerà la speranza."

Un uomo con una borsa di cuoio piena di fogli si ferma ad ascoltare.

"Sì, la situazione è grave, ma l'umanità se l'è sempre cavata e vedrete che in futuro, tra poco, salterà fuori una soluzione anche per questo problema."

"Certo," ribatte Greta, "come se a un amico moribondo, che sta soffrendo, lei dicesse: 'Tranquillo, adesso non facciamo niente perché un giorno inventeranno la pillolina che ti guarirà'."

Una ragazza con la treccia appoggia la borsa accanto a Greta e si siede sul marciapiede, poi altri due e un altro solleva il cartello e chiama i passanti.

Lo sciopero scolastico del venerdì di Greta, per protestare contro i pericoli del cambiamento climatico, si è diffuso in molte scuole del mondo. Quando il premier australiano ha invitato gli studenti a smettere di partecipare, in migliaia si sono seduti davanti ai loro istituti, chiedendo agli adulti di non bruciare il futuro.

E Greta? Lei è stata chiamata a tenere il suo discorso alla Conferenza delle Nazioni Unite sul cambiamento climatico.

Le Conferenze delle parti (Cop)

Scegliere e decidere insieme per dare una mano al nostro pianeta è provare a fare ecologia. Greta è una ragazza forte e un simbolo meraviglioso del messaggio che le giovani generazioni stanno mandando ai potenti del mondo: "Lasciateci in eredità un pianeta in salute, vivibile e in equilibrio! E lavorate adesso, senza aspettare ancora!". Non siete d'accordo con lei?
Greta ha dalla sua la potenza di un messaggio semplice, che però deve essere accolto all'interno di un meccanismo molto complesso che le Nazioni Unite hanno messo in atto dal 1992, ovvero le Conferenze delle parti organizzate dalla Convenzione quadro delle Nazioni Unite sul cambiamento climatico. A queste imponenti conferenze dal nome altisonante partecipano tutti gli stati, dai più sviluppati a quelli in via di sviluppo, e moltissime altre istituzioni. Insieme esaminano i risultati delle analisi scientifiche sul cambiamento climatico e provano ad accordarsi per intervenire e migliorare la situazione.
È davanti ai loro occhi il fatto che sul nostro pianeta le attività umane (dalla produzione di energia, ai trasporti, all'agricoltura, alla deforestazione) emettono moltissimi gas nell'atmosfera e producono un riscaldamento.

Questi gas (soprattutto **l'anidride carbonica**, **il metano** e **l'ossido nitroso**: sembrano nomi complicati, ma – fidatevi – è necessario conoscerli bene!) incrementano l'effetto serra della Terra. Una parte dei raggi del Sole che arriva sulla superficie della Terra e viene riemessa verso l'alto trova questa serra, le cui lastre di vetro sono i gas

emessi dalle attività umane, che la intrappola e la trattiene qui, a scaldare ulteriormente la superficie.
Questi gas sono talmente capaci di incrementare la temperatura della Terra che hanno proprio il nome di **gas serra**. Eh sì, significa semplicemente che questi gas sono in grado di cambiare il clima e che, in particolare, portano a un riscaldamento del nostro pianeta.
Gli stati hanno spesso litigato fra loro anche su chi debba finanziare le azioni per contrastare il riscaldamento globale. Le ultime Cop, però, hanno portato **risultati molto incoraggianti**, come l'Accordo della Cop 21 di Parigi nel 2015. La maggior parte degli stati, inclusi i principali responsabili delle emissioni di gas serra, si è accordata per diminuirne drasticamente le emissioni entro il 2050 e arrivare a un azzeramento entro il 2075; si è stabilito anche di aiutare i paesi più poveri, sia economicamente sia fornendo assistenza tecnologica per modificare il modo di produrre energia, trasportare merci e persone e fare agricoltura. Tutti i paesi si sono inoltre accordati per monitorare periodicamente le proprie attività in modo da provare che si stanno impegnando davvero a rispettare l'Accordo di Parigi.
Sta alla vostra generazione vigilare che tutto questo avvenga, specialmente ora che alcuni paesi importanti stanno mettendo in discussione il loro impegno. Ci state? Accettate la sfida?
Anche Greta lavora perché l'Accordo di Parigi non venga dimenticato e perché la sua generazione, la vostra generazione, trovi una Terra che gli adulti di adesso abbiano messo sui binari giusti per contrastare il riscaldamento globale.

Le mamme antipesticidi

IL GRUPPO MAMME DI REVINE LAGO (Italia, 2016)

di Emanuela Da Ros

"Di mamma ce n'è una sola."

Il signor Toptop (in paese lo chiamano tutti così) sbuffa di sollievo, gonfiando come vele le tendine dell'osteria.

Sta lì dalle sette, da quando la Franca è arrivata ad accendere la macchina del caffè. È domenica, e a parte il signor Toptop e la Franca (che toglie dai tavoli i mazzi da briscola) non c'è in giro nessuno.

Eppure gli amici lo avevano spaventato: "Vedrai che confusione ci sarà domenica! Quelle pettegole invadenti non si fermeranno".

Le "pettegole" sono le mamme del paese, di Revine: Lisa, Lara, Loredana, Rita, Paola... Si sono conosciute andando a prendere i figli a scuola, dieci minuti prima. Per raccontarsi la Grande Preoccupazione.

"La fortuna di abitare in campagna," dice Lisa, "è che quando apri le finestre il verde entra dentro la casa. Il paesaggio vivo sta fra il tavolo e la libreria. Ma se quel verde è inghiottito da un alito di polveri nocive, le finestre le devi tenere chiuse, i bambini imprigionati. La casa diventa un bunker. La natura un nemico."

La Grande Preoccupazione le ha fatte alleare. Le mamme di Revine hanno deciso che dovevano difendersi dalle nuvole di pesticidi che irroravano i vigneti e poi viaggiavano per chilometri appestando l'aria. Anche se il signor Toptop e i grandi

STOP PESTICIDI
GRUPPO MAMME
REVINE LAGO

proprietari delle colline tutte coltivate a uva Glera insistevano a dire che i "trattamenti" chimici erano necessari per il vino e che non c'era pericolo per l'uomo. "Neanche per i bambini?" si sono chieste preoccupate le mamme.

Insieme sono andate dal sindaco, hanno raccolto firme, hanno studiato il Regolamento di polizia rurale. Hanno fatto tornare a scuola-di-ambiente i papà, i nonni, gli amici: tutti dovevano sapere che per un po' di prosecco in più la chimica stava inquinando l'aria, la terra, l'acqua. La vita era compromessa dalla vite.

Le quattro "pettegole" sono diventate otto, sedici, trentadue. Qualcuno le ha ignorate, altri le hanno guardate con diffidenza: "Che vogliono quelle? Non si possono cambiare le cose".

Qualcuno ha pensato di fermarle: ha rovesciato un barattolo di chiodi in cortile e Paola ci ha rimesso le ruote della Panda.

E ora ci mancava la marcia, pensa Toptop. *Per fortuna c'è solo una mamma in piazza. Aha! L'unica marcia antipesticidi con un solo partecipante.*

"Vuole un altro caffè? Perché se no chiudo."

La Franca distoglie Toptop dai suoi pensieri.

"Chiude l'osteria? Ma se ha appena aperto!"

"Devo andare alla marcia! La piazza si sta affollando."

Lisa è in prima fila, insieme a Lara, Loredana, Rita e Paola (che ha aggiustato le gomme della Panda). Le mamme impugnano un vecchio lenzuolo colorato dai bambini. Dietro di loro, altre mamme venute da altri paesi, con papà, nonni, bambini. Tremila persone invadono lo spiazzo tra la chiesa e l'osteria e s'incamminano, come un grande drago colorato. Un drago che lotta cantando. E si fa sentire dalle mamme di Trichiana, dalle mamme di Vicenza, Verona, Padova, dalle mamme pugliesi e dalle mamme siciliane…

L'agricoltura, l'allevamento e il cambiamento climatico

È strano ma spesso, quando si parla di riscaldamento globale e di attività umane che lo causano, quasi mai ci si riferisce all'agricoltura. Si pensa al trasporto, alla produzione di energia, all'inquinamento delle acque e dell'aria in senso stretto, ma si dimentica come l'umanità abbia bisogno di terreno da dedicare alle produzioni agricole per nutrire se stessa e i suoi animali da allevamento.
L'agricoltura è un mezzo di sostentamento necessario alla specie umana e una delle più grandi e più antiche invenzioni. Provate soltanto a immaginare un mondo senza agricoltura: non ci riuscite, vero? Non ci riesco nemmeno io, che neppure devo mangiare...
L'allevamento, a sua volta, è fondamentale almeno per tutti coloro che mangiano carne: agricoltura e allevamento hanno permesso all'umanità di crescere di numero e di occupare tutti i continenti escluso l'Antartide; con l'agricoltura e l'allevamento, però, la specie umana ha disboscato moltissimi territori.
Le foreste del nostro pianeta, con la loro fotosintesi, hanno la capacità di trattenere nel terreno i gas serra, e in modo particolare il più importante di tutti, l'anidride carbo-

nica. Diminuire l'estensione delle foreste per fare spazio all'agricoltura significa diminuire la capacità della Terra di fissare nel terreno, togliendolo dall'atmosfera, il principale responsabile del riscaldamento globale. E quante più persone nascono e crescono, tanto più è necessario fare spazio alla nostra agricoltura, per poter dare da mangiare a tutti.

L'agricoltura, con l'allevamento, è dunque un aspetto molto, molto importante da tenere presente quando si pensa all'equilibrio del nostro pianeta e, come avete appena letto, è al centro di almeno altri due problemi fondamentali legati tra loro: l'utilizzo di fertilizzanti che rischiano di inquinare altre componenti della Terra, come l'idrosfera, e di essere dannosi per l'umanità, e la necessità di garantire stabilità al suolo in cui si è disboscato per fare spazio alle colture. Vedete, quando si parla del nostro pianeta e del suo equilibrio complesso, è sempre così e dobbiamo abituarci: **un problema è legato a moltissimi altri** e bisogna sempre fare in modo di tenerli tutti presenti, e tutti

insieme. È un'impresa ardua, sicuramente, ma voi potete farcela: noi tutti, robot inclusi, possiamo farcela.
Fare ecologia significa anche cercare di lavorare perché le **colture agricole** e l'**allevamento**, indispensabili all'umanità, **producano sempre meno gas serra**. Si stanno studiando colture in grado di produrre cibo più volte all'anno, evitando estensioni troppo ampie, colture che non impongano di disboscare troppo, ma che siano in equilibrio con la gestione delle foreste. Si sta anche lavorando per la diminuzione dell'allevamento intensivo, preferendo animali che richiedono meno colture a loro dedicate, come suini e ovini, a quelli più impattanti, come i bovini.
Non è facile agire sull'agricoltura e sull'allevamento, proprio perché questi ambiti riguardano l'alimentazione della specie umana, ossia uno dei suoi bisogni più fondamentali. Anche l'agricoltura e l'allevamento sono temi discussi nelle Conferenze delle parti, e devono giocare un ruolo importante perché la Terra ritrovi e mantenga il proprio equilibrio.

Evviva le galline libere!

PETER ROBERTS (Uk, 1924-2006)

di Giuliana Facchini

In un breve video Peter mostra una gabbia piena di galline; quando lui apre lo sportello quelle non escono. Sarebbe naturale vederle fuggire dalla loro prigione, e invece no! Non conoscendo altra vita se non quella nella gabbia, restano dentro, spaventate dalla libertà.

Peter è un allevatore di bestiame nella bella contea dell'Hampshire dove ci sono verdi colline inumidite dalla pioggerellina e ricche di erba grassa, deliziosa per le sue mucche, delle quali vende il latte. La vita, con la moglie Anna, è confortevole: a Peter piace il contatto con la natura, l'odore della terra bagnata e la vicinanza dei suoi animali. Eppure, d'un tratto, comincia a sentirsi inquieto e insoddisfatto. Nelle illustrazioni dei libri per bambini le mucche pascolano libere nella campagna inglese; le scrofe allattano serene i maialini; le galline razzolano nelle aie, ma nella realtà non è più così.

Quasi vent'anni dopo la fine della Seconda guerra mondiale, le persone non vogliono più patire la fame e tutto deve essere a buon mercato, anche la carne. Così si diffondono nuovi modi per allevare gli animali e produrre velocemente tante, tante e tante bistecche, salsicce, frittate perché chiunque ne mangi in Inghilterra e in Europa, ne mangi fino a esserne sazio e, se anche qualcosa si spreca o va buttato, pazienza!

Peter non ci sta, è turbato ma anche arrabbiato: i vitelli sono incatenati e allineati tanto vicini da muoversi a fatica e le scrofe partoriscono in casse così strette che sembrano bare; le galli-

ne vivono sempre chiuse in gabbie. Un terzo della produzione mondiale di cereali diventa cibo per gli animali da macellare e questi producono una tale quantità di letame da diventare inquinante per l'ambiente. Ne vale davvero la pena? Peter comincia a scrivere lettere a tutti i più importanti giornali per denunciare quanto accade nelle fattorie, ma pochi gli badano, fino a quando nel 1964 in tutte le librerie esce il libro *Animal Machines* di Ruth Harrison che racconta l'inumanità degli allevamenti intensivi.

"Non c'è nulla di più potente di un'idea per la quale è arrivato il momento giusto," dice Peter.

Così smette di vendere latte e si dedica alla sua causa: gli animali da allevamento sono esseri sensibili e la legge deve proteggere le loro vite che servono a sfamarci. Tre anni dopo fonda Compassion in World Farming, un'associazione con la quale affronta tante battaglie, che fa cambiare le leggi sull'allevamento del bestiame nella sua nazione e nell'Unione Europea.

"Compassion", compassione, percepire la sofferenza altrui e alleviarla, è una parola importante per Peter. Lui immagina un mondo in cui tutti gli animali da fattoria siano trattati con rispetto per il loro e il nostro benessere. Durante uno dei suoi ultimi discorsi dice che c'è ancora molto da fare per cambiare la mentalità delle persone e alla sua morte lascia questo compito all'associazione Ciwf, ormai presente e attiva in molte nazioni. E a tutti noi.

La biodiversità

Arrivati a questo punto, avete capito bene quanto sia unica la Terra e come sia un pianeta complesso e affascinante, in cui ogni aspetto è legato all'altro in un equilibrio delicato e multiforme.

Bene, la vita è un tassello importante e fondamentale nel meraviglioso mosaico della Terra ed è quello che rende il nostro mondo, per quanto ne sappiamo finora, unico. **La vita sulla Terra**, sapete, **è nata** proprio dove mi trovo io: **nel mare**. Le prime cellule viventi (sono certo che sapete cos'è una cellula: l'unità fondamentale per la vita terrestre, un piccolo corpuscolo con un cervello, un nucleo e la capacità di respirare, mangiare e riprodursi) sono nate circa 4 miliardi di anni fa, quando il nostro pianeta era un bambino di soli 600 milioni di anni!

Da quel momento la vita terrestre si è evoluta e diffusa prima nel mare e poi sulle **terre emerse**, arrivando a conquistare i **cieli**. La vita è cresciuta e si è moltiplicata ma, soprattutto, si è diversificata attraverso l'evoluzione di forme viventi sempre nuove, che sono apparse, si sono diffuse, sono cambiate e sono scomparse. Di sicuro, se vi chiedessi di fare un esempio di forme di vita scomparse, pensereste ai dinosauri, animali affascinanti che han-

no dominato il Mesozoico, periodo geologico che va da 250 milioni a 65 milioni di anni fa; ebbene, la stragrande maggioranza dei dinosauri e tutti i grandi rettili marini e volanti si sono estinti 65 milioni di anni fa, ma ancora oggi, intorno a noi e soprattutto nei cieli, i **moderni dinosauri** ci circondano: li chiamiamo **uccelli**. Gli uccelli infatti non sono altro che una forma evoluta e molto diversificata di una famiglia di dinosauri, quella, se vogliamo, che ha avuto più successo e più fortuna di tutte.

È così che funziona la vita: cresce, si espande, si differenzia, a volte scompare e si estingue per eventi casuali, come a seguito del meteorite che, ormai si ha quasi la certezza, ha causato l'estinzione della maggior parte dei

dinosauri. E sapete che anche l'uomo, da quando ha inventato l'agricoltura, è riuscito a modificare determinate forme di vita? Pensate che tutti gli animali da compagnia, come il cane e il gatto, da fattoria, come le galline, le capre e i maiali, o gli animali da soma o da trasporto, come il bue e il cavallo, sono il risultato dell'opera dell'uomo!
Generazione dopo generazione, l'**uomo ha selezionato quelle specie** fino a farle diventare come sono adesso: possiamo persino dire che l'uomo ha aumentato la biodiversità terrestre per una parte della sua storia! Ora invece le attività umane e l'espansione dell'umanità su tutta la Terra stanno mettendo a rischio la biodiversità del pianeta, sia perché l'uomo riduce l'habitat di alcune specie, soprattutto quelle che abitano nel fitto della foresta, sia perché il riscaldamento globale prodotto da lui minaccia alcune specie che tollerano poco il caldo.
Sapete quali sono gli **animali più minacciati**? Sì, certo penserete agli orsi polari ed è vero, loro sono minacciati dall'incremento delle temperature e dalla diminuzione dei ghiacci, ma sono in pericolo anche specie forse meno appariscenti ma altrettanto importanti per l'ambiente, come addirittura un quarto di tutte le specie di anfibi, in particolare le rane, e moltissimi insetti, fra cui farfalle, falene e api. Pensate che si calcola che le attività umane abbiano messo in pericolo di estinzione il 30% delle specie di anfibi, di uccelli e di mammiferi. La responsabilità che tutti noi abbiamo per il nostro pianeta è, soprattutto, la responsabilità verso la vita sulla Terra!

L'uomo con i pollici verdi

PATRICK BLANC (Francia, 1953-)

di Silvia del Francia

Se lo incontri per strada – capelli tinti, lunghe unghie laccate di color foresta, scarpe verdi e camicia a fiori *pendant* –, potresti pensare a un folletto uscito dai libri di fiabe.

Patrick Blanc, invece, è uno studioso, un botanico francese famoso in tutto il mondo per aver inventato il giardino verticale.

Quando uno nasce alla Clinica dei Fiori e il suo primo parco giochi è il Bois de Boulogne, è inevitabile che i suoi pollici si colorino subito di verde.

A tredici anni Patrick usa le radici di un filodendro per filtrare l'acqua dell'acquario e scopre che questa pianta rampicante vive benissimo senza terra.

Potrei provare a farla crescere sul pannello di feltro che ho appeso al muro in camera, sarebbe una pennellata di verde su tutto quel bianco così monotono.

Ecco realizzato il suo primo giardino verticale, e le piante che vivono nell'ombra delle foreste tropicali diventano la sua passione.

Se le piante da sempre hanno trovato casa spontaneamente sui muri, sopra i tetti, nelle fessure create dal tempo, perché non farlo anche oggi? In fondo ci sono già riusciti i Babilonesi con i loro giardini pensili, pensa Patrick, convinto che il giardino sia l'unico posto dove ci si possa sentire felici e che un giardino possa crescere anche dove apparentemente lo spazio non c'è.

Su ogni parete libera di casa sua costruisce un'intelaiatura metallica, sulla quale fissa dei pannelli di pvc e un mantello di feltro, che assorbe acqua arricchita di fertilizzante. Aggrappate

qui crescono le piccole piante del sottobosco della foresta tropicale come felci, muschi e licheni, che vivono sulla Terra da prima della preistoria. Negli anni la casa di Patrick si è trasformata in una vera foresta, ospitando anche rospi e lucertole.

Per lui prati, giardini, parchi, perfino boschi e foreste dovrebbero essere un tutt'uno con l'architettura delle città, circondando case, palazzi, grattacieli, strade e parcheggi.

"Manca lo spazio? Il verde si può mettere in verticale," sostiene Patrick. "Perché alle piante, per crescere, servono acqua, ossigeno e anidride carbonica, più che la terra.

"Il mio giardino è adatto a tutte quelle persone che vivono in città, dove l'aria è ogni giorno più inquinata e fra i palazzi di cemento fa sempre più caldo. Alzando lo sguardo vedrebbero piccole esplosioni di colore invece che il solito grigio deprimente, e magari anche il loro umore potrebbe migliorare."

Le foglie isolano dai rumori e depurano l'aria dalle polveri inquinanti, rilasciano ossigeno e trattengono l'anidride carbonica. Inoltre, riducendo il riscaldamento delle pareti in estate e gli effetti del freddo in inverno, contribuiscono a diminuire il costo delle nostre bollette.

Tutti possono provare a realizzarne uno, per regalarsi un po' di natura e, perché no?, per giocare con la fantasia.

Infatti i giardini verticali di Patrick sono vere opere d'arte: quadri che cambiano i loro colori con il passaggio delle stagioni.

Adesso vengono installati ovunque: sulle facciate dei palazzi, nelle case, nei negozi, negli uffici, perfino dove la luce del sole non arriva mai, come all'interno della metropolitana… E a volte capita che qualcuno si dimentichi di arrivare in orario a un appuntamento perché si è fermato ad ascoltare il cinguettio di un piccolo uccello che ha trovato casa tra quelle foglie.

Patrick assieme alla Nasa sta progettando persino un giardino da portare nello spazio.

Il suo giardino verticale è un atto di fede in un avvenire colorato.

E tu, che colore vuoi dare alla tua vita?

L'edilizia e il cambiamento climatico

Cosa c'è di fondamentale quanto il cibo?
Esatto, la necessità di avere una casa. Potete immaginare come questo bisogno sia antico e radicato, almeno quanto l'agricoltura e l'allevamento. Come tutte le attività umane, però, anche la necessità dell'uomo di costruire case e città ha un impatto sull'ambiente circostante e sul nostro pianeta in generale.
Eh sì, qualunque cosa facciamo ha conseguenze sul resto del globo, anche il più elementare dei nostri bisogni – avere una casa – deve farci pensare al nostro pianeta come a un organismo complesso.
Si calcola che al momento la Terra ospiti ormai circa **7,5 miliardi di esseri umani**: pensate un momento all'enormità di questo numero, a quanti siete sulla Terra, e al fatto che questa cifra è salita molto velocemente negli ultimi decenni ed è destinata a crescere ancora e ancora.
Di questi 7,5 miliardi **più della metà vive in aree urbane**, ossia nelle città, grandi e piccole. Entro il 2050, questa percentuale salirà quasi al 70%, perché nel mondo si

sta assistendo all'abbandono delle aree rurali e alla migrazione verso le città.

Da una parte città più grandi richiederanno maggiore terreno, sottratto all'agricoltura o alle foreste, con le conseguenze che abbiamo già visto in particolare sull'emissione di gas serra. Inoltre città più grandi abitate da più persone necessitano di maggiore energia perché queste persone vivano e lavorino in ambienti confortevoli e adatti alla... vostra specie. Dall'altra, però, città più grandi e compatte, magari con tanti edifici più alti, potrebbero rappresentare piccoli ecosistemi in grado di ospitare orti e giardini, raccogliere e riciclare l'acqua, disporre di mezzi di trasporto condivisi (come le auto o le biciclette). Potrebbero riciclare in maniera più efficiente i propri rifiuti e produrre a loro volta energia. Grandi edifici in città compatte possono anche ridurre la necessità di lunghi spostamenti di lavoro, specialmente se si pensa alla creazione di lavori sempre più digitali.

Alcune città, come Milano, stanno

già diventando più verticali; secondo il World Economic Forum, inoltre, il 65 per cento dei bambini di oggi farà un lavoro digitale... che al momento non esiste ancora.
Chissà quale sarà il vostro mestiere del futuro, ma probabilmente sarà un **lavoro** che potrete compiere anche **da casa**, senza bisogno di spostarvi ogni giorno.
Le nostre città sono importanti per noi tanto quanto l'agricoltura e l'allevamento. È possibile che, per aiutare la Terra a contrastare il riscaldamento globale causato dalla specie umana, dovremo cambiare radicalmente il nostro modo di vivere e di concepire la città: come tutti i cambiamenti, non si può prevedere esattamente come questo avverrà, ma i segnali cominciano a essere evidenti in tutto il mondo.

Luna e Butterfly

JULIA HILL (Usa, 1974-)

di Giuliana Facchini

Da circa sei mesi Julia vive su una piattaforma di legno a cinquantaquattro metri di altezza, sopra una sequoia di nome Luna, nella foresta pluviale della California. Gli scoiattoli volanti saccheggiano gentili gli avanzi del suo cibo; Julia non vuole addomesticarli: è un'intrusa nel loro habitat anche se ha un buon motivo per essere lì. Arriva la primavera e gli animali del bosco fanno ritorno. Il lavoro di taglio degli alberi e il trasporto dei tronchi li hanno allontananti. A fare compagnia a Julia ci sono una miriade d'insetti che lei scansa con cura, topolini e tanti uccelli: scriccioli e fringuelli e il piccolo colibrì dalle ali frementi. In alto volteggiano corvi e avvoltoi perché la foresta intorno a Luna è stata tagliata e gli animali, senza riparo, sono prede facili. Se Julia si alza in piedi sulla piattaforma, può vedere il fianco franato della collina. Dove è stato disboscato, le radici degli alberi non artigliano più la terra e non succhiano l'acqua. Quintali di fango sono scivolati verso il basso travolgendo altri alberi e alcune case della cittadina di Stafford, e intasando i corsi d'acqua con pezzi di legno, rami e fogliame. I pesci sono morti soffocati. Gli abitanti di Stafford guardano con preoccupazione la parte della collina non ancora franata. Da quando il legname è diventato un'industria molto redditizia in mano a uomini potenti, nulla conta: né la vita di chi vive a ridosso dei boschi, né la sopravvivenza delle più antiche foreste del pianeta. I maestosi alberi sequoia sono stati quasi tutti abbattuti per costruire tavoli, sedie, tetti, pareti, porticati. Alberi

che abitano il nostro pianeta da migliaia di anni possono essere distrutti con una motosega in pochi giorni, senza rispetto, senza pensieri, senza paura. Eppure dovrebbero fare tanta paura coloro che uccidono, senza pensieri o rispetto, ciò che è vecchio.

Julia, dall'alto, grida agli uomini che non smettono di tagliare gli alberi intorno a Luna: "Uccideresti tuo nonno perché è vecchio?".

Quelli non rispondono.

Con luce e pioggia, sulle sequoie coricate a terra spuntano germogli, nasce nuova vita. Ma il legno di quei tronchi serve intatto e allora vengono cosparsi di diserbanti e veleni perché restino morti. Le armi non sono pari, per questo Julia vive su Luna, perché Luna ha una croce blu tracciata sul tronco e verrà abbattuta prima o poi, ma non fino a quando sull'albero ci sarà la ragazza. Lei sopporta la furia del vento che lassù non tace mai, il freddo, l'umidità e le tante cattiverie che inventano quelli dell'industria del legname per farla scendere. Rischia di impazzire per la paura e la fame, ma scende solo dopo due anni quando lei, il cui soprannome è Butterfly, di anni ne ha soltanto venticinque e dichiara: "Sì una persona sola può fare la differenza. Ciascuno di noi la fa".

La sua protesta pacifica la conoscono tutti ormai e la legge ha deciso di proteggere le foreste antiche. Luna non verrà abbattuta.

L'uso del suolo e la stabilità dei versanti

"Dove è stato disboscato, le radici degli alberi non artigliano più la terra e non succhiano l'acqua." Verissimo, e penso che tutti siamo d'accordo con Butterfly. L'uso del suolo è un grande problema ovunque, in pianura come in collina come in montagna. Abbiamo visto che non solo le foreste estraggono dall'atmosfera l'anidride carbonica, il principale gas serra responsabile del riscaldamento globale, e la fissano nel terreno, ma anche che la semplice presenza di alberi e piante è in grado di rendere il suolo stabile.
Il suolo è la parte più superficiale della crosta terrestre, quella sulla quale siamo abituati a camminare... anzi, direi che è la parte sulla quale saremmo abituati a camminare se non ci fosse, spesso, sopra uno strato d'asfalto o, in generale, di materiali da costruzione, in particolare nelle nostre città. Eh sì, ragazzi, in un certo senso cammino anche io.
Il suolo rappresenta un complicato **miscuglio di geosfera**, ossia di rocce erose e rimescolate, **e di biosfera**, ossia di vita vegetale e animale. Il suolo fa comunicare la geosfera con l'atmosfera e ospita anche l'acqua; è un

mondo complesso in cui l'uomo fa agricoltura e pianta le fondamenta dei propri edifici, ma è anche la casa di lombrichi e insetti, di piccoli rettili e mammiferi. Lo avete sicuramente visto anche voi, affondando le mani nella terra, in campagna.

E questo luogo complesso e vivo è lo spazio del radicamento degli alberi: il suolo con radici è un suolo forte e stabile, che si trovi su un versante montano o in pianura, ed è un suolo in grado di incorporare adeguatamente l'acqua delle precipitazioni, incanalandola nel ciclo della vita.

Il disboscamento, invece, e la copertura dei suoli creano il problema dell'**impermeabilizzazione**: la superficie diviene, appunto, impermeabile alle precipitazioni che, anziché essere assorbite e rientrare nel ciclo dell'acqua e della vita, restano in superficie dilavandola e aumentando il rischio di inondazioni. Questo è, purtroppo, ancor più vero in montagna, laddove il disboscamento dei versanti crea possibilità di frane molto rischiose per eventuali centri abitati in fondo valle.

Un suolo vitale e in grado di respirare è quindi indispensabile per diminuire il rischio di eventi come frane o inondazioni, ma è anche importante per garantire lo scambio di gas con l'atmosfera: dall'anidride carbonica all'azoto e ai suoi composti – questi ultimi particolarmente presenti nel ciclo di vita delle piante.

Certo, non possiamo pensare di non usare più il suolo e di azzerare le nostre attività sulla superficie terrestre, dall'agricoltura alla costruzione di strade e città! Esistono però diversi modi per gestirle meglio, fra cui limitare la dimensione delle aree di suolo che viene ricoperto e

impermeabilizzato, alternandole sempre di più ad aree di suolo libero o coperto da piante.
Nella nostra visione ecologica dobbiamo sempre pensare all'equilibrio: anche l'uso del suolo per le attività umane può e deve essere in equilibrio con la geosfera, la biosfera e l'atmosfera. E anche del suolo dovrete prendervi cura, per continuare ad affondare le mani in un universo complesso e ricco di rocce, piante e animali.

Indagine estrema sul ghiaccio

JAMES BALOG (Usa, 1952-)

di Beppe Forti

"Guarda le foto di questo ghiacciaio," dice il fotografo americano James Balog al direttore della rivista "National Geographic". "Le ho scattate in Islanda a distanza di sei mesi l'una dall'altra."

"Belle, ma dov'è finito il ghiacciaio?" chiede il direttore confrontando le immagini.

"Si è sciolto," spiega Balog. "Se mi affidi l'incarico, torno là e dimostro con le mie foto che il riscaldamento globale del pianeta non è l'invenzione di qualche ecologista esaltato, come molti continuano a sostenere!"

"Potrebbero obiettare che si tratta solo di un fenomeno locale," osserva il direttore. "Perché non estendi la ricerca a un territorio più vasto?"

È così che nasce il progetto Extreme Ice Survey (Indagine estrema sul ghiaccio) che il fotografo conduce dal 2007 al 2010 assieme a un gruppo di collaboratori.

Balog e compagni si recano in Islanda, Groenlandia, Alaska e Montana negli Stati Uniti; si arrampicano in luoghi impervi e, spesso rischiando la vita, puntano su altrettanti ghiacciai una ventina di macchine fotografiche, controllate ognuna da un minicomputer in modo che scattino foto a intervalli di tempo regolari. Per proteggerle le sistemano all'interno di involucri di plastica resistenti alle intemperie che fissano alle rocce grazie a

speciali supporti di acciaio. Dopo sei mesi tornano a controllare che tutto funzioni, ma a causa del freddo le batterie di quasi tutti i minicomputer hanno smesso di funzionare e qualche frana ha addirittura danneggiato le postazioni.

"Non è possibile! Tempo, soldi ed energie sprecate!" si lamenta Balog, ma è cocciuto e rimette la squadra al lavoro. Viene realizzato un minicomputer più semplice che consumi meno energia e si rinforzano involucri e supporti delle fotocamere.

Nel frattempo Balog ha problemi alle ginocchia e deve essere operato. I medici gli sconsigliano di continuare nell'impresa, ma lui non ci sta. Con l'aiuto degli amici, e munito di piccozza e ramponi, continua ad arrampicarsi su rocce gelate e ghiacciai per controllare che tutto proceda alla perfezione.

Tre anni dopo i risultati sono strabilianti: le foto, messe in sequenza, si animano come fotogrammi di un film e dimostrano, senza ombra di dubbio, che i ghiacci si stanno sciogliendo. In particolare, l'animazione rivela che il ghiacciaio Columbia, in Alaska, si è ritirato di ben quattro chilometri!

"Le mie immagini provano che il riscaldamento globale non è una teoria campata in aria," afferma Balog nel corso delle conferenze che tiene in tutto il mondo.

"Lo scioglimento dei ghiacci provoca l'innalzamento dei mari e gli effetti sul clima cominciano a essere disastrosi: uragani, tifoni, inondazioni e siccità. L'uomo ne è il maggiore responsabile e prima che sia troppo tardi dobbiamo rendercene conto, e fare in modo che il processo di degenerazione si interrompa," conclude Balog ogni volta, con la speranza che i potenti della Terra lo ascoltino.

L'impresa di James Balog è ben documentata nel film *Chasing Ice.*

La criosfera terrestre

La coperta fredda e bianca della Terra ha il nome poetico di criosfera, o sfera del freddo. La criosfera terrestre è fatta da tutto il ghiaccio del nostro pianeta: le grandi calotte glaciali, dell'Antartide, della Groenlandia, i ghiacci marini, in particolare dell'Artide, e quelli continentali, soprattutto quelli della catena dell'Himalaya-Karakorum in Asia, che a volte sono chiamati persino "il Terzo Polo" della Terra, perché sono il terzo luogo più bianco del pianeta. E non dimentichiamo il **permafrost**, il suolo perennemente ghiacciato alle latitudini più fredde.
Forse non lo sapete, ma questa coperta fredda e bianca ha un ruolo importantissimo nell'equilibrio del clima del nostro pianeta: è stata molto estesa nelle ere glaciali e ha sempre subìto cambiamenti e fluttuazioni. Le ere glaciali sono dovute all'orbita terrestre, che varia secondo tempi astronomici, di centinaia di migliaia di anni e più, e alla nostra stella, il Sole, che, come un essere vivente, è evoluta e cambiata nel corso della sua lunga esistenza.
La nostra Terra, quindi, ha avuto nel corso della sua storia una criosfera sempre diversa, a volte più estesa a volte

quasi inesistente. Mi preoccupano in particolare i ghiacci marini dell'Artide, da sempre in equilibrio tra idrosfera e criosfera, e i ghiacciai continentali. I ghiacci dell'Artide stanno fondendo a ritmi mai visti prima e la loro fusione comporta un incremento nel livello del mare; allo stesso tempo, la stragrande maggioranza dei ghiacciai continentali, da quelli alpini a quelli delle Ande, dalle Montagne Rocciose all'Himalaya-Karakorum, è in ritiro.
Perché mi preoccupa così tanto la criosfera?
Innanzitutto perché la fusione dei ghiacci causa un aumento delle acque che si riversano negli oceani, comportando un aumento del livello dei mari a livello globale. Tale aumento minaccia le coste, specialmente le più basse,

accresce l'erosione e mette in pericolo specie, come i coralli, che prosperano in acque basse e ben illuminate e che sono alla base della catena alimentare marina.
Inoltre, proprio come quando d'estate conviene indossare colori chiari, la coperta bianca della Terra permette al nostro pianeta di **riflettere** nello spazio **parte della radiazione solare**: in una Terra che si riscalda è importante che un po' del calore del Sole possa essere riflesso fuori dal nostro pianeta, piuttosto che alimentare la fame di calore dei gas serra e rafforzare l'effetto serra.
La nostra coperta fredda custodisce, inoltre, la **storia** dell'atmosfera terrestre. Sapete che il ghiaccio antico e profondo racchiude bolle d'aria formatesi nelle ere passate della Terra? Dalla composizione di queste bolle è possibile capire, per esempio, quale fosse la temperatura della Terra nel passato. La storia dell'atmosfera custodita dalla criosfera ha un valore inestimabile per le nostre analisi e per la comprensione del funzionamento del clima del nostro pianeta.
Dobbiamo essere grati ai ghiacci della Terra e prenderci cura anche di loro: trattengono acqua proteggendo le nostre coste, i nostri suoli e l'ecosistema marino, riflettono parte del calore del Sole verso lo spazio e custodiscono la storia antica e inesplorata del nostro pianeta.

La melodia degli alberi

TOPHER WHITE (Usa)

di Chiara Lorenzoni

Topher sente l'umidità della vegetazione che lo avvolge, un odore fresco e verde che gli sale per le narici e suoni quasi assordanti che gli invadono le orecchie.

Subito pensa al moto di sorpresa che lo aveva colto la prima volta che era stato nella foresta del Borneo.

Si era aspettato le fastidiose punture delle zanzare, lo strisciare dei serpenti e l'imponenza della natura, ma mai quei suoni a volume altissimo, quasi come essere a San Francisco all'ora di punta. Non erano i rumori delle automobili, ma i suoni della foresta: gibboni, cicale, uccelli, fruscii, scricchiolii, gracidii e tramestii.

Topher si gode per qualche minuto questo inarrestabile concerto, poi cerca con lo sguardo tra le fronde dell'albero alto davanti a lui.

All'inizio non vede nulla, infine qualcosa di nero balugina tra le foglie. Eccolo, il suo primo Guardiano.

Una scatola ben nascosta, con un pannello solare collegato. La prima di molte scatole installate tra i rami degli alberi della foresta del Borneo.

Dentro ci sono vecchi cellulari collegati via internet. Sono programmati per attivarsi al rumore delle motoseghe o degli spari dei bracconieri e dare così l'allarme alle guardie forestali, rilevando il punto esatto in cui si sta commettendo il crimine.

Topher lascia a terra lo zaino e, con l'aiuto di una corda, inizia a scalare l'albero.

Il sudore si mescola all'umidità fresca della vegetazione, fa fatica, non è un atleta, è un ingegnere. Un ingegnere innamorato della natura.

Ce la fa. Arriva all'altezza del suo Guardiano.

Da lassù, milioni di sfumature di verde si mostrano davanti a lui, fasci di luce improvvisa che si infiltrano fra le foglie e una miriade di puntini luccicanti che danzano nell'aria.

Un'emozione intensa, proprio come quella provata nel 2014 quando, nel garage di casa dei suoi genitori, con alcuni amici, ha assemblato il primo prototipo di Guardiano.

In breve tempo Topher ha dato vita a Rainforest Connection, un'associazione no profit che si occupa di costruire e installare migliaia di Guardiani tecnologici nella foresta pluviale, prima a Sumatra e poi anche in Camerun, Ecuador, Perù e Brasile.

Qualche mese e il progetto di questo ingegnere è diventato virale. Ha ricevuto richieste da tutto il mondo e in migliaia hanno inviato i loro cellulari usati.

Dall'alto di un albero nel bel mezzo della foresta pluviale, Topher pensa che basta davvero poco, un vecchio cellulare, una specie di grande orecchio che può ascoltare fino a 300 ettari di foresta.

Improvvisamente, tra le gradazioni di verde c'è un guizzo giallo e nero. Topher aguzza lo sguardo e vede una flessuosa tigre di Sumatra che si tuffa tra la vegetazione.

Un nodo di paura ed eccitazione gli prende la gola, forse aspetterà un po' prima di scendere dall'albero.

Allora chiude gli occhi, si appoggia al tronco e, lasciando penzolare le gambe nel vuoto, si prepara ad ascoltare ancora un po' quella meravigliosa, verde melodia degli alberi.

Le foreste e il cambiamento climatico

C'è stato un periodo, nella storia della Terra, nel quale le foreste erano incredibilmente estese e coprivano i continenti quasi dal Polo Nord al Polo Sud! Era il **Carbonifero**, un'epoca del Paleozoico in cui sulle terre emerse gli insetti erano la forma di vita animale dominante, insetti anche molto, molto grandi... Dobbiamo alle estese foreste del Carbonifero i cosiddetti combustibili fossili, ossia la creazione delle grandi riserve di carbone, petrolio e gas naturale con le quali da qualche secolo alimentiamo la nostra economia e la nostra società.
Le foreste della Terra, oggi, sono assai meno diffuse di quelle del Carbonifero. Le principali si trovano all'equatore e la più nota è l'Amazzonia, la foresta pluviale più estesa del pianeta, teatro di terribili incendi proprio nel 2019. Seguono per importanza le foreste dell'Africa centrale e dell'Indonesia. Tutte insieme, le grandi foreste equatoriali sono spesso definite "i polmoni della Terra": con la fotosintesi le piante incorporano anidride carbonica, la fissano nel terreno e producono ossigeno. Faremmo un torto al Canada e alla Siberia se non nominassimo anche le grandi

foreste boreali che, pur avendo una vegetazione diversa, rivestono un ruolo comunque importante nell'apparato respiratorio della Terra. Le foreste siberiane, che proteggono anche il permafrost locale, purtroppo sono state anch'esse oggetto di incendi devastanti nel 2019.
Le nostre foreste devono essere preservate, a tutti i costi. E sono proprio i costi la questione più difficile da gestire per i potenti del mondo: le foreste rappresentano un terreno di scontro molto aspro perché disboscare significa fare spazio all'agricoltura e alle costruzioni. Pensate che sono **sei** i **paesi chiave** al mondo l'impegno dei quali è indispensabile perché ogni azione di contrasto al riscaldamento globale abbia una possibilità di successo: Stati Uniti, Cina, India, Russia, Brasile e Indonesia. Questi ul-

timi tre, e in particolare Brasile e Indonesia, sono paesi fondamentali per la salvaguardia dei polmoni del pianeta.
L'antroposfera si appropria delle foreste, fa spazio alle colture, agli edifici e alle vie di comunicazione, e, così facendo, oltre a limitare la capacità della Terra di sottrarre anidride carbonica all'atmosfera, mette in pericolo la varietà e la numerosità di specie viventi che abitano le foreste.
È davvero stupefacente **quante specie** animali vengono scoperte nelle foreste ancora oggi, in particolare in Amazzonia. Moltissimi anfibi, insetti e anche mammiferi, oltre che naturalmente nuove specie vegetali, sono registrati anno dopo anno in zone sempre più remote delle foreste.
La biodiversità terrestre, che vede nelle foreste e negli oceani i suoi luoghi più prosperi, è una delle caratteristiche più importanti della Terra come pianeta vivo e in salute.
Per quale ragione è importante la **biodiversità**, cioè la varietà della vita sulla Terra? Perché garantisce ecosistemi in grado di sostenersi in modo equilibrato e perché, assumendo una prospettiva umana, piante e animali possono custodire principi chimici potenzialmente in grado di sviluppare farmaci utili per l'umanità.
Ancora una volta abbiamo un compito importante: preservare le foreste della Terra come se si trattasse dei vostri stessi polmoni.

Wangari del Fico Selvatico

WANGARI MUTA MAATHAI
(Kenya, 1940-2011)

di Laura Walter

Africa, villaggio kikuyu di Ihite, pendici del monte Kenya.

"È una bambina!"

Così dice la levatrice alla mamma di Wangari, dentro la capanna di fango e paglia.

Lei sorride: la bambina è la prima figlia femmina, quella destinata ad aiutarla nelle faccende.

È il 1° aprile 1940 e Wangari si stringe alla mamma, ignara di quante altre donne aiuterà, oltre a lei, nella sua vita.

Fuori tutto è verde e fertile, sotto la protezione del maestoso monte Kenya, alto più di cinquemila metri.

Figlia della terra, Wangari impara a coltivare molto presto, pianta semi e vede crescere le piante.

Due fatti straordinari e semplici sono destinati però a far germogliare la sua vita.

Per sempre. Anche oltre la morte.

Il primo è l'incontro con un albero, accanto a un limpido ruscello: Wangari adora quella sorgente e le piante di marante, i banani, la canna da zucchero e lui, il Fico Selvatico. Albero sacro, per i kikuyu: sanno che la presenza del fico significa acqua fresca e pulita nelle vicinanze.

Wangari scoprirà che la saggezza del suo popolo ha basi scientifiche: le radici del fico sono così forti da rompere la roccia sotto la superficie sino a incontrare le falde d'acqua sotterranee.

L'acqua risale lungo le radici finché trova un punto poroso nel terreno e fa zampillare una sorgente.

È il fico che guida l'acqua alla luce del sole.

Wangari lo scopre grazie al secondo fatto straordinario: andare a scuola.

Percorre emozionata e scalza i cinque chilometri che la separano da una grande magia: poter scrivere, poter leggere.

Inizia a studiare, e questo la conduce lontano: negli anni sessanta, il programma Ponte Aereo Kennedy porta gli studenti kenioti meritevoli a studiare negli Stati Uniti.

Wangari è tra loro: diventa biologa e conosce il movimento per i diritti civili di Martin Luther King.

Un seme di giustizia nella terra del suo cuore.

Tornata in Kenya, Wangari è la prima donna a diventare professore associato all'università.

Lei è come le radici del fico: rompe le barriere, passa per prima. Così si accorge di come il Kenya si stia impoverendo a causa delle colture intensive di tè e caffè, che sostituiscono la foresta.

La terra diventa povera e le donne con lei: manca legna da ardere e per fare steccati.

Manca l'acqua: i fichi sono stati abbattuti, i coloni non conoscono il loro segreto.

Wangari decide: sarà con la terra e con le donne.

Bisogna piantare alberi. Tanti, insieme a tante donne. Gli alberi sono legna per il fuoco, per gli steccati, tengono unito il terreno e contrastano l'erosione. Sono cibo cotto, protezione, vita. Nasce il Green Belt Movement, il movimento per la cintura verde.

Save the Land, harambee! Salviamo la terra, insieme! è il suo motto. Wangari muove le donne e le comunità: in Kenya piantano oltre venti milioni di alberi e altrettanti in altri paesi.

Fa rifiorire l'Africa: è diventata lei, l'Albero Sacro.

Nel 2004 è stata insignita del premio più bello al mondo: il Nobel per la Pace.

Il premio più prezioso, però, è germogliato in una scuola, in Baviera, una dozzina di anni fa: un bambino decide di essere lui, il nuovo Fico Selvatico.

Felix, il primo di una felice foresta.

Save the Land, harambee!

Riforestazione e *rewilding*

Eppure, pur davanti ai terribili incendi in Siberia e in Amazzonia, voglio provare a essere ottimista, per quanto possa esserlo un robot... È vero che la sete di profitto minaccia le grandi foreste equatoriali, ma negli ultimi vent'anni sempre più persone hanno preso consapevolezza che occorre salvaguardare le foreste del pianeta, al punto che, alla Conferenza delle parti di Katowice nel 2018, è stata approvata una Dichiarazione mondiale per le foreste.
Intanto, in maniera quasi inattesa, altre zone del nostro pianeta si stanno riforestando, in primo luogo a casa nostra, in Europa.
Gli ultimi decenni hanno visto un incremento della superficie coperta di foreste nel nostro vecchio continente, in particolare nella penisola iberica, nei paesi alpini, in Italia lungo tutto l'arco alpino e appenninico, e anche in Scandinavia. Cos'è successo alle foreste europee, e cosa comporta questa riforestazione? In Europa sempre più persone vivono in città e abbandonano grandi aree di montagna prima destinate alle abitazioni, all'agricoltura e all'allevamento, aree che erano caratterizzate da un grande utilizzo del legno delle foreste.

Lo spopolamento delle montagne rischia di far perdere le tradizioni e le culture locali, che devono invece essere preservate. Inoltre, una buona gestione delle montagne, grazie a progetti mirati, può portare alla riforestazione e al ritorno di tante specie animali che si erano estinte: dall'orso al lupo, dalla lince al falco. Questo è successo in tutta Europa!
Il **rewilding**, ossia la **rinaturalizzazione** o il ritorno delle condizioni naturali, è sotto i nostri occhi anche nelle Alpi italiane: specie scomparse o minacciate e in pericolo fino agli anni novanta del secolo scorso sono tornate e sono in salute, e permettono un aumento di biodiversità nelle nostre montagne. Questo ripristino degli ecosistemi deve però essere gestito con l'accordo e la piena consapevolezza di chi la montagna la vive e la abita.
Piantare più alberi, certo! Far tornare gli animali una volta numerosi e poi lungamente minacciati, senz'altro! Mai dimenticare però che le montagne sono anche **cultura e società, tradizione e industria**: le montagne d'Europa, rinaturalizzate, continuano a essere le sorgenti d'acqua delle grandi pianure operose, luoghi essenziali per la produzione di energia, in particolare idroelettrica, e luoghi

dove si vive e si ritorna per l'aria pulita e l'ambiente più protetto.
Le montagne d'Europa, più verdi e rinaturalizzate, possono essere d'esempio agli altri continenti in merito a come gestire in modo prospero l'ambiente, mantenendo l'equilibrio tra società umana, biosfera terrestre, atmosfera e idrosfera. Da italiani e da europei, tocca a noi preservare le nostre montagne e farne un esempio per tutti. Ci state anche voi?

Solo questione di numeri

SASKIA KLUIT (Paesi Bassi, 1973-)

di Gigliola Alvisi

Saskia svolta a destra sulla strada principale di Utrecht. Le piace l'aria che le scompiglia i capelli corti e la tensione delle gambe. È come se la bicicletta le restituisse l'energia che lei imprime sui pedali. Perfino il suo lavoro nasce dalla relazione strettissima con la bici, visto che è direttrice di Fietsersbond, l'Associazione dei ciclisti olandesi. Guarda l'orologio del campanile: è in orario. Ha il tempo di parcheggiare la bici con calma e raggiungere il binario del treno. Fino a qualche anno fa lasciare la bicicletta vicino alla stazione era un'impresa, perché a Utrecht ci sono più bici che persone. È stata la matematica la carta vincente nelle sue discussioni con il sindaco.

"A Utrecht il 40 per cento dei viaggiatori raggiunge la stazione in bicicletta. Sono persone in forma, che si ammalano meno e non pesano sul servizio sanitario. Guardi me, a quarantadue anni sono in perfetta salute! Inoltre non ammorbano l'aria, si muovono silenziosamente, non intasano le strade. Eppure non hanno neanche diritto a un parcheggio."

Il sindaco aveva esitato in cerca di un'obiezione valida, ma lei aveva ribadito: "Il 40 per cento è una percentuale elevata, ma potrebbe raddoppiarla".

"E quanti posti dovrebbe avere questo parcheggio?" le aveva chiesto lui immaginando una piccola struttura coperta.

"Almeno 12.500."

Il sindaco aveva rischiato un colpo apoplettico, ma Saskia

aveva sorriso: lei rappresentava i ciclisti, e i ciclisti rappresentavano l'intera popolazione olandese.

Il sindaco e i responsabili delle ferrovie avevano vagliato diversi progetti. Ogni tanto tentavano di ridurre il numero dei posti, ma Saskia rimaneva inflessibile: almeno 12.500.

Saskia appoggia la tesserina d'abbonamento sul lettore dell'ingresso, poi pedala fino al posto che le è stato assegnato, al terzo piano interrato. Le corsie d'accesso sono luminose e pulite, affollate di ciclisti. C'è anche un'officina per la riparazione delle bici. Arriva alla corsia indicata, si leva il caschetto e lo lega al manubrio, aggancia la bici al supporto e poi fa scattare il meccanismo che lo rialza alla posizione superiore. Grazie a questo, la superficie di ogni piano risulta raddoppiata. Saskia si dirige al binario. Sorride al ricordo dell'ultima discussione con il sindaco.

"Quale sarebbe il costo giusto del biglietto giornaliero?" le aveva chiesto.

"Un bellissimo, tondo e sorridente 0," aveva risposto lei.

E infatti il parcheggio è gratuito per il primo giorno, e con una tariffa di 1,25 euro per i successivi. Ed è sempre talmente pieno che qualche volta non si trova posto.

Sul treno la strategia matematica di Saskia continua. Bisogna ripensare la logica dei trasporti e favorire le modalità a basso impatto ambientale, come le biciclette. Se nei Paesi Bassi ci sono 17 milioni di abitanti e 22 milioni di biciclette, come è possibile che il 55 per cento della superficie stradale sia riservata alle auto, il 33 per cento ai pedoni e solo il 12 per cento ai ciclisti? È questo che oggi Saskia chiederà al ministro dell'Ambiente.

La mobilità sostenibile

Il trasporto è uno dei bisogni essenziali dell'umanità, insieme con l'agricoltura, l'allevamento e la necessità di costruire abitazioni. Pensate a quante volte vi spostate da casa vostra a scuola, alla palestra, al campo da calcio, ai ristoranti, a casa degli amici e a come lo fate: tutto questo fa parte dell'universo dei trasporti!

L'uomo si è sempre mosso sulla Terra. L'espansione dell'umanità su tutti i continenti e su tutti i mari (e in tutti i cieli!) è avvenuta grazie allo sviluppo di mezzi di trasporto sempre più efficaci e veloci: dall'invenzione della ruota all'utilizzo di animali da traino, fino all'elettrificazione dei trasporti con il tram e il treno, all'utilizzo del vapore e poi dei combustibili fossili. Senza trasporti non si sarebbero sviluppate la società e le culture del mondo così come le conosciamo.

Come tutte le attività umane, però, il trasporto deve fare la sua parte nel contrastare il riscaldamento globale di origine umana: dobbiamo a poco a poco incentivare mezzi di trasporto che non impieghino combustibili fossili e, possibilmente, utilizzare mezzi di trasporto di gruppo e condivisi.

L'urbanizzazione ci dà una mano: città più compatte sono

ideali per sperimentare auto e biciclette in condivisione, nonché i mezzi pubblici elettrici. La tendenza nelle città dei paesi più sviluppati è verso l'abbandono dell'automobile privata per l'uso di trasporto pubblico e trasporto condiviso, **nonché per l'uso sempre più diffuso della bicicletta**. Le auto elettriche, in particolare quelle condivise, sono un esempio molto positivo, ma solo se si ha la certezza che l'energia elettrica che le alimenta non è, a sua volta, di origine fossile. L'abbandono dell'automobile privata implica un importante cambiamento culturale per tutti, e potrebbe essere ancora prematuro per quanti vivono al di fuori delle grandi aree urbane e lontano dai paesi più sviluppati. Come per il **rewilding** delle montagne, è possibile che alcune aree del mondo, quali l'Europa, diventino un esem-

pio positivo per il resto del pianeta. Riuscite a immaginare la vostra vita senza possedere un'auto? Immaginate che i vostri genitori possano accettare questa sfida?
Ma i trasporti non riguardano solo le persone.
Su strada passa ancora una quantità troppo grande di merci, con camion spesso fortemente inquinanti, il cui carico dovrà essere trasportato su rotaia o trovare spazio su camion elettrici o non alimentati a combustibili fossili.
Il trasporto mondiale è anche marittimo, di persone e soprattutto di merci, e ancora quasi completamente dominato da grandi navi alimentate a combustibili fossili, pericolose per le emissioni e l'inquinamento delle acque; e il trasporto è anche aereo, la forma di mobilità che ha visto il maggiore aumento di utilizzatori negli ultimi quindici anni, che a sua volta ha un impatto significativo sull'atmosfera.
L'umanità si muove ovunque e ovunque dovrà cambiare il proprio comportamento per essere in equilibrio con la Terra, sui continenti, sulle onde, tra le nuvole. Per continuare a muoverci, dovremo farlo diversamente. Voi siete pronti?

La grande caccia alle bottiglie di plastica

BOYAN SLAT (Paesi Bassi, 1994-)

di Luca Cognolato

A quattordici anni Boyan è famoso per essere entrato nel Guiness dei primati come lanciatore di missili ad acqua costruiti con le bottiglie di plastica. Assieme al fratello ne ha lanciati 213 contemporaneamente. Niente di eccezionale, ma divertente.

A sedici anni, riemergendo da un tuffo nel mare greco, ha di nuovo in testa le bottiglie di plastica. Stavolta però sta imprecando e non le trova più così divertenti: nell'acqua cristallina ha visto più rifiuti di plastica che pesci.

È così che iniziano la sua avventura e il suo sogno: trovare un sistema economico per ripulire le acque della Terra dai rifiuti plastici, prima che ci sommergano tutti.

La plastica viene usata ovunque. Volete mangiare un biscotto? Lo troverete avvolto nella plastica trasparente, in una scatola, con uno strato isolante di plastica, a sua volta avvolta nella plastica, dentro un contenitore più grande… di plastica. E così è per la verdura surgelata, la penna che avete appena comprato, il cd, la maglietta o qualsiasi altra cosa vi venga in mente.

La plastica, utilissima al genere umano, ha però un grave difetto: non scompare mai, essendo quasi eterna. Ogni anno si producono 300 milioni di tonnellate di plastica e quasi tutta, prima o poi, va a finire in acqua, trascinata dal vento e gettata dalle persone, e quindi attraverso fiumi e canali arriva nell'oceano.

Si stanno formando enormi isole composte da rifiuti gal-

The ocean
CLEANUP
The ocean
CLEANUP

leggianti che, a causa dell'azione del sole e delle onde, si trasformano in piccoli frammenti che i pesci scambiano per cibo e mangiano.

Boyan è convinto che chi ama mangiare pesce non abbia gli stessi gusti per la plastica.

Bisogna recuperare la spazzatura galleggiante, ma gli oceani sono enormi e mandare navi a raccogliere l'immondizia sarebbe molto costoso e... estremamente inquinante.

L'idea prende vita al liceo, ma continua a perfezionarsi e Boyan a diciotto anni dà vita alla Fondazione Ocean Cleanup. La sua idea è quella di utilizzare una particolare rete a strascico a più livelli e di trovare il modo per farla spingere dalle correnti oceaniche, dal vento e dalle onde per raccogliere la plastica galleggiante. Una volta concentrata in uno spazio ridotto verrà raccolta, risparmiando così soldi, combustibile e altro inquinamento. Un sistema autonomo, che può essere ingrandito o ridotto, a seconda delle esigenze, e a basso consumo.

La Fondazione è sempre alla ricerca di nuove idee e attenta alle nuove invenzioni, ma Boyan è convinto che oltre alla scienza ci voglia una nuova cultura.

Nelle sue parole: "La tecnologia è potente, perché ci permette di avere nuove soluzioni e di aggiornare il modo di affrontare i problemi. Però, senza l'educazione e la sensibilizzazione, è tutta fatica inutile. Possiamo avere gli strumenti migliori, ma quando vedo qualcuno buttare un sacchetto in un fiume capisco che c'è ancora molto da fare. Il primo problema da affrontare è rendere la gente consapevole che stiamo facendo del male a noi stessi".

L'idrosfera terrestre

Acque nelle quali ci muoviamo, come nella mia missione in questo momento, acque dalle quali proveniamo, acque delle quali siamo composti: l'idrosfera terrestre è ovunque ed è senz'altro la prima caratteristica del nostro pianeta che sarebbe visibile al telescopio di una specie aliena che osservasse la Terra da lontano.
L'acqua si insinua nel sottosuolo di Marte e compone parte delle sue calotte glaciali, grandi e misteriosi oceani d'acqua occupano strati dei satelliti di Giove e di Saturno, e il ghiaccio è ben presente nel Sistema solare interno ed esterno; le acque terrestri coprono **tre quarti della superficie planetaria** e, al momento, l'acqua in superficie è stata osservata soltanto su un pianeta: il nostro. Dall'acqua liquida in superficie si è formata la biosfera terrestre, ossia la vita così come noi la conosciamo.
L'acqua è anche presente, in tutti i suoi stati (come liquido, come vapore e come ghiaccio), **nell'atmosfera terrestre** e il ciclo dell'acqua tra atmosfera, oceani e terre emerse è alla base della nostra meteorologia, ossia del "tempo" atmosferico. L'acqua è **nel sottosuolo**, nelle falde che alimentano i nostri pozzi e le radici degli alberi, e **nel per-**

mafrost che mantiene la stabilità delle zone più fredde del pianeta. L'acqua è anche in tutta la vita terrestre, dalle meduse che ne sono composte quasi completamente a qualunque altro essere vivente. Non c'è nulla, sulla Terra, in cui l'acqua non giochi un ruolo fondamentale: persino nella formazione dei minerali e nelle eruzioni vulcaniche! In tutto quello a cui riuscite a pensare sulla Terra, ve lo garantisco, l'acqua ha giocato un ruolo fondamentale. Riuscite a immaginare qualcosa che non abbia dentro di sé almeno un po' d'acqua?
L'idrosfera terrestre, l'insieme dell'acqua del nostro pianeta, ha un ulteriore ruolo importante per l'equilibrio del nostro pianeta: scambia moltissimi gas con l'atmosfera ed è in grado essa stessa di sottrarre dall'atmosfera quasi la

metà dell'anidride carbonica generata dalle attività umane, evitando quindi che il riscaldamento globale peggiori. L'idrosfera, dunque, sta facendo metà del lavoro che dovrebbe fare l'umanità, e dovremmo esserle quindi molto, molto grati! Non è sicuro, però, che potrà farlo per sempre: l'aumento di carbonio nell'acqua sta già cambiando la capacità di alcuni mari di assorbire ulteriore anidride carbonica dall'atmosfera: l'acqua ci sta dando una mano, insomma, ma certamente non potrà fare tutto da sola. Anche in questo, tocca a noi tutti, tocca a voi.

L'aumento delle temperature globali implica anche quello delle temperature degli oceani, che porta a sua volta a un aumento dell'evaporazione, il processo attraverso il quale l'acqua liquida diventa vapore acqueo: più acqua nell'atmosfera significa più acqua che contribuisce all'effetto serra globale, e un'atmosfera più calda ed energetica è un'atmosfera in cui alcuni fenomeni – come gli uragani e i tifoni – diventano più frequenti e intensi.

Insomma, forse non c'è nulla di più importante e delicato dell'acqua: prenderci cura della Terra significa prenderci cura della sua acqua, in modo che essa possa continuare a prendersi cura di noi.

La ragazza spazzatura

NADIA SPARKES (Uk, 2006-)

di Emanuela Da Ros

Nel giardino della sua casa di Norwich, a cento chilometri da Londra, che sia primavera, autunno, estate o un gelido inverno, sbocciano bidoni. Bidoni verdi, marroni, gialli. Bidoni della spazzatura.

È per questo che Nadia, a dodici anni, è stata presa di mira dai bulli. Ed è per questo che ora è ambasciatrice del Wwf, ha migliaia di follower e riceve lettere da tutto il mondo, compresa la Nuova Zelanda che si trova dall'altra parte del globo rispetto alla Gran Bretagna.

Nadia Sparkes ha i capelli biondi e gli occhi verdi. E una bici con il cestino davanti. Mentre va scuola – zainetto in spalla e caschetto rosanero in testa – si ferma a raccogliere i rifiuti di plastica che insozzano il marciapiede. Li butta nel cestino della bici e prosegue.

Per fare i due chilometri che separano la sua casa dalla scuola di Hellesdon ci impiega un'ora, anziché dieci minuti. Nadia lo sa e parte in anticipo.

Quando suona l'ultima campanella, inforca la bici per tornare a casa. E di nuovo si ferma a raccogliere lattine ammaccate, bottiglie di plastica vuote, sacchetti gonfiati dal vento dell'Atlantico. È con un bottino fatto di spazzatura che riempie i bidoni. Ed è per questo che Nadia è conosciuta come la Trash girl. La ragazza spazzatura.

Il soprannome gliel'hanno affibbiato i compagni di scuola. Per prenderla in giro. Nadia ha reagito come avrebbe fatto

chiunque: ci è rimasta male. Tanto male. Poi ne ha parlato alla mamma. Che avrebbe dovuto fare? Rinunciare al sogno (e all'impresa) di rendere il mondo un posto migliore? più pulito? più curato? più sano? E far finta di non vedere tutti i rifiuti in cui ogni giorno inciampava? Erano il suo cruccio, quei rifiuti: lei che ama il sorgere del sole, i prati verdi, l'eco spumeggiante delle onde sulla spiaggia di Mundesley, fin da bambina ha pensato che la meraviglia del paesaggio andasse rispettata. Come si fa con le persone che amiamo, o con un'opera d'arte.

Ci ha pensato su e ha affrontato i bulli con la loro stessa arma: si è tenuta il nomignolo e ne ha fatto una bandiera. Un'etichetta. Trash girl oggi è il titolo del team di persone che stanno seguendo il suo esempio (raccogliere almeno tre oggetti di scarto al giorno è imperativo!), ed è anche il nome di un fumetto. Perché Nadia – con la sua bici con il cestino per i rifiuti e i bidoni che sbocciano in giardino – ha ispirato una supereroina dell'ambiente che assomiglia proprio a lei. Il primo motto che appare sui suoi gruppi Facebook e Instagram (controllati da mamma Paula) è: "*I'm a little hero. Are you?*". Sono un piccolo eroe. E tu? Il secondo è: "Tutti insieme salviamo l'ambiente!".

Le strategie di adattamento e di mitigazione

Come Nadia, è nostro compito fare qualcosa per mantenere l'equilibrio del pianeta Terra; anche il mio di robot sta per cominciare! Essere e fare ecologia, infatti, significa mettere in atto **azioni quotidiane di cura e di attenzione** verso tutti i componenti del nostro pianeta: tutti noi abbiamo un ruolo da giocare in questa sfida!
Se la storia di Nadia ci parla di quello che è possibile fare, giorno per giorno, per limitare gli impatti negativi delle nostre azioni sull'ambiente, ossia ci racconta di piccole e importanti azioni quotidiane, è importante ricordare che esistono anche **grandi azioni** che possono essere messe in atto a livello di stati, di regioni, di comuni, e anche di continenti. Queste rientrano in due famiglie principali: quella delle strategie di adattamento e quella delle strategie di mitigazione.
Le **strategie di adattamento** al cambiamento climatico sono quelle messe in atto per salvaguardare la nostra società e il benessere della specie umana di fronte agli aspetti più pericolosi del riscaldamento globale in divenire. Ci si adatta, appunto, ad alcuni fenomeni per noi rischiosi

del riscaldamento globale. Fra queste ci sono regole nuove per la **gestione dell'acqua dei laghi**, a fronte di lunghi periodi di siccità, oppure il cambiamento delle colture, in particolare del mais e della frutta, a fronte di estati più calde e più umide. Strategie di adattamento molto estreme riguardano interi stati: per esempio, alcuni piccoli paesi dell'Oceania, il territorio dei quali si è già ridotto a causa dell'incremento del livello del mare, hanno preso accordi, qualora la tendenza continui, per spostare la loro popolazione in altri paesi.

Le **strategie di mitigazione** sono, invece, strategie che si propongono di fare qualcosa per limitare drasticamente

l'impatto delle azioni umane sul clima, in particolare agendo per contenere il più possibile le emissioni di gas serra derivate dalle attività umane.
Strategie di mitigazione sono tutti quegli interventi sul cambiamento dei trasporti verso forme che non usino i combustibili fossili, e sono tutti i tentativi, che fortunatamente si stanno diffondendo sempre di più, di usare le cosiddette energie rinnovabili, o energie prodotte da fonti non fossili, come quella proveniente dal Sole, dal vento, dalle onde, dal calore della Terra.
La **riconversione verso energie rinnovabili**, o forme di trasporto sostenibili, oppure anche verso un'agricoltura e un allevamento che producano meno gas serra sono previste e richieste dagli accordi internazionali sul clima, come quello di Parigi. L'umanità, quindi, sta percorrendo e deve percorrere entrambe le strade, quella dell'adattamento alle manifestazioni del riscaldamento globale ormai in atto da tempo, e quella della limitazione dei comportamenti dannosi per evitare una situazione ancora peggiore in futuro. Si è impegnata a farlo: sta anche a me e a voi, e alle nuove generazioni, vigilare che questo avvenga con serietà e attenzione.

Un insidioso polverino

LUISA MINAZZI (Italia, 1952-2010)

di Beppe Forti

"Vi sporcate tutti, la volete smettere?" urla la mamma a Luisa e ai fratelli, intenti a fare le capriole su un mucchio di "polverino", un materiale che, per consistenza e colore, ricorda la farina da dolci. Un camioncino l'ha scaricato nel cortile della famiglia Minazzi per essere usato come fondo per un nuovo lastricato e Luisa ci si diverte con i fratelli.

È il 1960, siamo a Casale Monferrato, in provincia di Alessandria. Il polverino che ha imbrattato da capo a piedi i fratelli Minazzi proviene dalla Eternit, una fabbrica locale che produce e dà il nome a una fibra di cemento e amianto con la quale si realizzano materiali di copertura per l'edilizia. L'azienda dà lavoro a molti abitanti di Casale e il polverino è uno scarto di lavorazione distribuito gratis a chiunque lo chieda, risparmiando alla Eternit i costi di smaltimento.

Arrivano gli anni settanta, Luisa studia da maestra e in casa sente strani discorsi.

"Hai saputo?" annuncia papà Minazzi alla moglie, rientrando dopo il lavoro. "È morto un altro operaio."

"Ma come, ancora?" esclama la donna sgomenta. Da un po' di tempo, infatti, i lavoratori della Eternit hanno cominciato a morire di *mesotelioma pleurico*, un terribile tumore ai polmoni, ma non sono i soli. È ormai provato, infatti, che il polverino si è diffuso nell'aria di Casale, si è depositato ovunque penetrando perfino nei polmoni e la malattia colpisce pure chi in fabbrica non è mai entrato.

Eternit

Siamo negli anni ottanta, la Eternit fallisce e chiude senza che i proprietari si preoccupino di bonificare l'area. Gli abitanti di Casale continuano a morire.

"Non è possibile, bisogna fare qualcosa!" s'indigna Luisa, che intanto è diventata dirigente scolastico, consigliere comunale e assessore all'ambiente.

"I nostri concittadini hanno approfittato del basso costo dell'eternit per usarlo nelle costruzioni," tuona Luisa in consiglio comunale. "Il polverino non c'è più, ma l'amianto costituisce ancora una minaccia per la nostra salute e va eliminato a tutti i costi!"

"Per il risanamento ci vogliono un sacco di soldi e la gente non ne ha!" brontola qualche consigliere.

"Li troveremo!" replica Luisa, che è una donna piccola e minuta, ma ha una volontà di ferro e si fa in quattro perché il comune conceda ai privati un contributo per la sostituzione e lo smaltimento dell'Eternit.

Grazie a lei le cose a Casale Monferrato migliorano, ma nel 2006 Luisa ha un'amara sorpresa. Per una crudele ironia del destino, infatti, scopre di essere affetta dal mesotelioma, segno che il polverino può colpire a distanza di molto tempo. Non per questo Luisa cessa di agire per il bene degli abitanti di Casale; seppur ammalata, continua a occuparsi sia della scuola che dirige, sia dell'opera di informazione e prevenzione rivolta ai concittadini.

Luisa muore quattro anni più tardi. Una scuola di Casale ne porta oggi il nome per ricordarci, con il suo esempio, l'importanza di conoscere l'ambiente in cui viviamo, impegnandoci per il bene della comunità.

La geosfera terrestre e il cambiamento climatico

E il nostro pianeta meraviglioso e delicato, in cambiamento continuo, è anche e soprattutto fatto... di terra. Per l'esattezza, come l'abbiamo chiamata sin dall'inizio, di geosfera.

Sotto i nostri piedi, anzi, sotto lo strato di asfalto e materiale da costruzione sul quale camminiamo, la Terra ha una corazza esterna che si chiama **crosta terrestre**, **spessa circa 10 km**; sotto la crosta terrestre c'è uno strato profondissimo e misterioso che si chiama **mantello terrestre**, il quale, proprio come un mantello, nasconde e racchiude il caldissimo **nucleo** del pianeta, un'enorme sfera di metallo a temperatura altissima.

La geosfera è come un frutto con la buccia, la polpa e il nocciolo; noi e tutte le forme di vita camminiamo sulla superficie di questa buccia. Anch'io, che al momento mi trovo in missione sotto il mare, sto in realtà ancora camminando sulla crosta terrestre! Pure i nostri mari sono sulla buccia della Terra! E la geosfera è enorme, variegata e fatta di rocce e materiali diversissimi, alcuni molto utili o meravigliosi, come i metalli e le gemme, altri utili e pe-

ricolosi, come i combustibili fossili o gli amianti: davvero in questo pianeta complicato e bellissimo non possiamo tralasciare nulla! Alcuni di questi materiali, come gli amianti, ci erano sembrati indispensabili in passato, ma si sono poi rivelati molto pericolosi; lo stesso sta accadendo con i combustibili fossili. **Gli amianti** sono pericolosi per la salute umana, mentre i combustibili fossili lo sono per la febbre del pianeta.
La geosfera racchiude la storia del nostro pianeta dalla sua formazione, 4,6 miliardi di anni fa. Ha dato origine alle montagne e gli oceani e, pensate, dalla geosfera è nata l'atmosfera terrestre quando il nostro pianeta, ancora caldissimo dopo la sua formazione, ha emesso i gas che l'hanno creata: potete capirlo facilmente se pensate ai gas emessi dalle eruzioni dei vulcani ancora oggi.
Le antiche atmosfere della Terra erano molto diverse rispetto a quella che respiriamo (anzi, che respirate!) ora, ma anche l'atmosfera di oggi riceve gas dalla geosfera. Immaginate un'eruzione vulcanica, che emette tantissimi gas, polveri e lapilli: sapete che un'eruzione del 1815, quella

del **vulcano Tambora** in Indonesia, ha causato in tutto il mondo l'Anno senza estate del 1816? Sembra incredibile, ma quel vulcano eruttò tanto di quel materiale in atmosfera da bloccare gran parte della radiazione solare, ossia della luce e del calore che ci arriva dal Sole, provocando temperature molto basse su tutto il pianeta e causando moltissimi danni all'agricoltura e all'allevamento.
Un vulcano è, quindi, capace di **abbassare la temperatura** della Terra. Ma lo può fare per periodi di tempo brevi come, appunto, nell'Anno senza estate: questo perché, in poco tempo, tutte quelle polveri e i materiali eruttati cadono al suolo.
Il riscaldamento globale, invece, è dovuto a molecole di gas, ossia a oggetti molto, molto più piccoli delle polveri di un vulcano. Queste molecole di gas, e soprattutto quelle dei gas serra, in atmosfera si fermano molto, molto più a lungo e molto più volentieri ed è per questo che il riscaldamento globale non dura solo un anno, come l'Anno senza estate. La storia della geosfera ci aiuta a capire meglio anche il riscaldamento globale. Affondate le mani nella Terra, accarezzate le rocce; in ciascuna di esse vi sono miliardi di anni di storia del nostro pianeta!

Parole segrete nelle orecchie

JAMES MYERS (Usa-India, 2002)

di Chiara Lorenzoni

È immobile, spaventato, rigido sulle quattro zampe a lato della strada in terra battuta.

Rumori di clacson e risciò sgangherati, urla, nuvole leggere di polvere che si alzano, nubi dense di indifferenza che lo avvolgono.

Forse perché è solo un asino. Forse perché è anche sporco e puzza.

Nessuno nota la profonda ferita sulla zampa, il sangue che sgorga, nemmeno i suoi occhi carichi di paura e dolore.

Improvvisamente un uomo alto, magro e con i capelli bianchi si avvicina, l'asino non muove neanche un muscolo, ma i suoi occhi lo seguono con rassegnazione.

L'uomo gli accarezza il muso con decisione e dolcezza, sussurrandogli parole nelle orecchie. L'asino sembra rilassarsi.

Una donna con un sari arancione gli mette una corda al collo. L'animale china il capo in un gesto spontaneo, iscritto nel suo Dna e in anni di sottomissione, e la segue fino a un camioncino su cui c'è scritto ANIMAL AID, alla guida una ragazza.

"Shanti, sali davanti con Claire, io sto dietro con l'asino."

James sente che quell'animale spaventato ha bisogno di conforto, e anche lui ha bisogno di conforto, perché quando vede un animale abusato o ferito prova un dolore sordo, un grumo duro e freddo nel centro esatto di sé.

Ai nuovi volontari di Animal Aid, un rifugio per animali feriti a Udaipur in Rajasthan che ha fondato vent'anni prima con sua moglie e che è diventato un vero e proprio santuario e ospedale per animali, spiega sempre quanto sia importante la compassione.

La compassione e anche il ricordo delle proprie ferite, perché solo chi ricorda il proprio dolore può curare quello degli altri.

"Essere nel nostro rifugio è essere con le ferite degli animali", è una frase che ripete spesso.

Ogni tanto James sorride se qualcuno obietta che prima degli animali vengono gli uomini.

Lui risponde che non esistono classifiche di chi è più meritevole di aiuto, esiste solo chi ha bisogno di aiuto.

"In fondo anche io sono un animale," ribadisce, "un animale umano, ma pur sempre animale."

Ora James è in piedi vicino all'asino, sopra la paglia sporca del vano posteriore del camioncino-ambulanza che sobbalza per le strade del Rajasthan, non smette un attimo di accarezzargli il muso e sussurrare parole alle sue orecchie spelacchiate.

All'arrivo, due veterinari suturano la ferita e puliscono l'asino, poi lo portano in un recinto con paglia fresca, fieno e acqua.

Lui sembra ancora spaventato, un po' disorientato, vaga per ore per il recinto fino a che non vede una sagoma familiare.

Si blocca per un attimo e poi trotta in direzione di quella figura alta e magra, dai capelli bianchi, alza il muso e struscia il naso morbido sulla fronte di James. Forse vuole ancora le sue parole segrete nelle orecchie, le sue carezze dolci e decise. Perché per curare davvero non bastano le medicine, ci vuole anche l'affetto.

James lo sa bene, appoggia una mano sul manto pulito dell'asino, una pace improvvisa lo invade e sente che è esattamente nel posto in cui deve essere.

Le grandi vette sporche dell'Himalaya

Sapete che l'Asia ospita il 60% della popolazione umana, concentrata in due paesi giganteschi per popolazione, Cina e India, con circa 1,3 miliardi di persone ciascuno? È di gran lunga il continente più popoloso della Terra!
In Asia la catena dell'Himalaya separa la Cina dal subcontinente indiano, ossia dall'India vera e propria (in cui è ambientata la storia di James Myers), dal Nepal, dal Bhutan e dal Pakistan. L'Himalaya ospita le vette più alte della Terra, dal tetto del mondo dell'Everest ad altre 13 montagne alte più di 8000 metri. Pensate che il monte più alto d'Italia è il Monte Bianco, con soli, si fa per dire, 4808 metri di altezza!
L'Himalaya accoglie, oltre a montagne altissime, anche moltissimi ghiacciai, al punto da essere una delle zone più bianche del pianeta, talvolta chiamato persino "il Terzo Polo" della Terra.
Questi grandi ghiacciai, lo ricordate?, fanno parte della **criosfera** terrestre, ossia la riserva di ghiaccio del pianeta, la sua coperta bianca: i ghiacciai dell'Himalaya custodiscono tantissima acqua che alimenta i grandi fiumi dell'Asia

orientale e meridionale, dal Gange all'Indo al Fiume Giallo al Fiume Azzurro. Pensate che i ghiacciai dell'Himalaya conservano 12.000 km^3 di acqua! Sapete a quanto equivalgono 12.000 km^3 di acqua? A 500 Laghi di Como, o a 240 Laghi di Garda! Si tratta di tantissima acqua che, nel suo ciclo, durante la primavera e l'estate, rifornisce le grandi pianure coltivate dell'India e della Cina, permettendo a miliardi di persone di mangiare.

I ghiacciai dell'Himalaya purtroppo in questo momento hanno un doppio problema: le temperature più alte ne stanno causando la fusione e il rimpicciolimento, e si stanno ricoprendo di **black carbon**, ossia di particelle di carbonio che sono prodotte dal bruciare dei materiali da combustione. Pensate: queste particelle nere come il carbone sono piccolissime, sono emesse in aria da attività come i fuochi da cucina e, dopo pochi giorni in atmosfera, ricadono alle alte quote, proprio sui ghiacciai dell'Himalaya. I ghiacciai himalayani stanno, quindi,

letteralmente diventando più neri, più sporchi: è come se stessimo mettendo una coperta di polvere nera su una delle zone più bianche del pianeta.
Ricordate perché è importante che il nostro pianeta resti bianco? Sia perché il ghiaccio rappresenta una riserva d'acqua fondamentale, sia perché il bianco riflette la luce e il calore del Sole verso lo spazio. Ghiacciai più neri non solo riflettono meno la luce del Sole ma, esattamente come quando indossate una maglietta scura d'estate, trattengono più calore e... fondono prima, perdendo più velocemente la loro preziosa acqua!
Quindi il black carbon sui ghiacciai è un problema, e si deve intervenire presto in India, Cina, Nepal e Pakistan perché questi paesi emettano sempre meno particolato nero che finisce per annerire i loro ghiacciai; sarete contenti di sapere che esistono tante iniziative in proposito, per fortuna; intanto voi non dimenticatevi dei ghiacciai, che devono rimanere grandi, profondi e bianchi!

Piccoli soli in bottiglia

ALFREDO MOSER (Brasile)

di Chiara Lorenzoni

Il cielo sopra la baraccopoli di Uberaba è grigio ferro. Lampi improvvisi fanno luccicare i tetti di lamiera. Tuoni fragorosi rimbalzano tra i vicoli.

Alfredo si affaccia dalla porta della sua officina e guarda i bambini che corrono sotto la pioggia, saltellando dentro le pozzanghere. Un sorriso gli illumina il volto macchiato di grasso di motore. Anche il temporale, lì in quella parte di mondo, può essere una festa.

Dietro di lui sente il ronzio del compressore spegnersi con un singhiozzo e capisce che è in arrivo un altro blackout, nessuna fonte di energia elettrica nell'intera baraccopoli.

Alfredo sospira e guarda l'officina. Una scatola di lamiera e metallo senza finestre. Nonostante il blackout, un soffuso chiarore ne illumina ogni angolo all'interno. Fasci luminosi scendono dal soffitto. Lì, infisse, ci sono decine di bottiglie di plastica trasparenti colme di acqua e candeggina che, bucando il tetto, catturano la luce del giorno per farla rimbalzare e rifrangere dentro il laboratorio del meccanico. Piccoli soli in bottiglia.

Il giorno in cui aveva provato a installare la sua invenzione aveva chiesto l'aiuto dei bambini del vicolo. Dentro l'officina, mille occhi bambini ad aspettare la magia; sopra il tetto, Alfredo, con gli attrezzi per bucare la lamiera, le bottiglie e la resina per fissarle.

A ogni bottiglia un applauso, a ogni bottiglia una cascata di luce.

Da allora questo creativo meccanico brasiliano non si è fermato, regalando soli in bottiglia a moltissime baracche della favela.

Mentre il temporale ancora brontola, Alfredo osserva i cerchi luminosi proiettati sul pavimento e una piccola luce gli si accende dentro. Una scintilla di orgoglio, perché la Moser Lamp oggi illumina più di un milione di case, non solo in Brasile ma anche in Bangladesh, Tanzania, Argentina, Isole Fiji, Filippine e in altri paesi in via di sviluppo. Dalla sua idea è nato anche un movimento chiamato A Liter of Light, un litro di luce, promosso dall'organizzazione umanitaria My Shelter Foundation che, grazie all'uso di pannelli solari, di led e di un circuito artigianale, ha trovato il modo di far illuminare la Moser Lamp anche di notte.

Una volta qualcuno gli ha chiesto perché non avesse brevettato la sua invenzione. Avrebbe potuto arricchirsi, smettere di fare il meccanico, andarsene dalla favela.

"Ma si può brevettare il Sole?" aveva risposto lui. "Mi basta sapere che una persona che conosco, grazie alle mie lampade, in un mese ha risparmiato abbastanza soldi per comprare cose essenziali per il suo bambino appena nato."

Ora la pioggia tamburella con grazia sul tetto dell'officina, presto smetterà, anche i tuoni sono solo borbottii lontani.

Alfredo osserva le luci sospese sulla sua testa e pensa che dentro quelle bottiglie riciclate non c'è solo il Sole, ma anche un grande messaggio luminoso che dice: "Insieme si può".

Le energie rinnovabili

Vi ho promesso buone notizie ed è finalmente venuto il momento di darvele: per fortuna sono tantissimi i modi per produrre energia pulita, ossia energia che emetta la quantità più piccola possibile di gas serra. E tutti utilizzano il mondo intorno a noi, l'atmosfera, la geosfera, l'idrosfera e persino la nostra stella, il Sole. Le energie che provengono dal mondo intorno a noi e dal Sole si chiamano "rinnovabili" perché, se si considera la vita di un uomo, è come se si rinnovassero sempre e non finissero mai!

I "piccoli soli" di cui avete appena letto sono un eccezionale modo ingegnoso di usare l'energia del Sole: sapete però che questa energia può essere raccolta e conservata attraverso i pannelli solari, che si stanno diffondendo sempre più sui tetti delle case e, spesso, sui tetti delle scuole. I **pannelli solari**, che sono di diversi tipi, hanno la capacità di raccogliere luce e calore dal sole e di conservarla e distribuirla per alimentare il sistema elettrico e, ad esempio, anche per produrre acqua calda.

Vi sarà inoltre capitato di vedere, in zone particolarmente ventose come in collina o vicino al mare, le altissime **pale eoliche** che catturano l'energia del vento. L'Italia, soprattutto se paragonata ai paesi europei che si affacciano

sull'Atlantico, non è un paese molto ventoso, eppure tante aree d'Italia si prestano benissimo a imbrigliare l'energia del vento per produrre energia elettrica da mettere a disposizione per le nostre attività.
E sapete che usiamo anche l'acqua, per produrre energia pulita? Sicuramente conoscete le **centrali idroelettriche**, ossia quelle che, installate spesso in zone di montagna, utilizzano la spinta dell'acqua che scorre lungo i versanti per far girare grandi turbine che a loro volta producono energia elettrica per le attività dell'uomo.

Forse non sapete che, già nel Settecento, in Francia si cercò di immaginare un modo per produrre energia dalle onde del mare! In paesi più ventosi del nostro o paesi soggetti a grandi maree, come la Scozia o il Canada, si riesce a produrre energia utilizzando il **moto continuo e infinito delle onde**: pensate, cosa c'è di più continuo e rinnovabile del moto delle onde?
Forse l'unica cosa più sicura e inesauribile è il calore della Terra: quanto più in basso si scende, nella nostra geosfera, tanto più calore si trova. Usare l'**energia** del calore della Terra, chiamata **geotermica**, è un altro modo pulito di produrre energia per le necessità della specie umana.
Tutte queste energie rinnovabili sono utili e mostrano l'ingegno che l'uomo ha quando prova a proteggere il suo pianeta. Da qualche anno lo sviluppo di energie da fonti rinnovabili le ha rese persino più convenienti dei combustibili fossili. Tanti paesi stanno quindi, finalmente, investendo moltissimo in questi modi più puliti di produrre energia.
Certamente, però, anche le energie rinnovabili pongono nuovi problemi – come il corretto smaltimento dei pannelli solari una volta dismessi e l'impatto paesaggistico delle pale eoliche – che devono essere affrontati e risolti per permettere a queste energie di entrare sempre più nelle nostre vite.

La lucente energia del demonio

JAMES BLYTH (Uk, 1839-1906)

di Luca Cognolato e Silvia del Francia

Scozia, 1861.

La sera è scesa velocemente e il villaggio di Marykirk è piombato nel buio. Le ombre si sono impossessate delle curve delle stradine, strisciando lungo i muretti di pietra che le costeggiano e nascondendosi negli angoli delle case. La luce fioca del lampione a gas illumina a malapena la via principale, dove non passa anima viva.

L'aria è immobile: dalla brughiera arriva solo il verso di un animale, che si ripete con regolarità e si perde nel buio e nel rumore del North Esk, che indifferente scorre per gettarsi in mare, una decina di miglia più a est.

Una mano poggia una lanterna e libera una fune. Uno scricchiolio, uno schiocco, uno strofinare confuso. Qualcuno toglie un paletto, armeggia con un cavo metallico, stringe un bullone.

Il richiamo lamentoso attraversa la prateria.

Quando un fruscio di vento fa oscillare i rami, qualcosa di gigantesco si risveglia e comincia a muoversi.

Dal cottage vicino, il cane di Mrs Vidow inizia a ringhiare contro la siepe fitta e impenetrabile. Per tutta risposta la gigantesca creatura fa oscillare le braccia più in alto delle tegole di pietra della casa e ruota le braccia verso il piccolo assalitore con un cupo ululato.

“Pommie!” lo chiama Mrs Vidow affacciatasi alla finestra, mentre il vento le scompiglia i capelli. “Torna qui!”

L’animale invece scappa via, sulle sue zampette tozze, con dei lunghi guaiti.

Un uomo emerge silenziosamente dall’oscurità profonda, con un lungo cappotto nero che ondeggia al vento e un grosso libro in mano.

“E quando torna quel fifone?” commenta. “Mrs Vidow, non doveva comprarsi un cane inglese, con tutte le affidabili razze scozzesi che ci sono…”

Si appoggia al muro e rimette la pipa in bocca, tirando corte boccate.

“Mi dispiace contraddirla, maestro Oisean, ma il Corgi è di pura razza gallese.”

La luna, finalmente libera dalle nubi, illumina di luce argentea le sagome delle case.

“Tutta colpa della creatura del professor Blyth”, e indica con la scopa le pale di legno che hanno cominciato a ruotare velocemente oltre la siepe. L’ululato si è fatto più frequente e si sente il legno scricchiolare a ogni giro.

“Quell’uomo non mi è mai piaciuto, fin da quando ha cominciato a venire in vacanza qui.” Il maestro si stringe nel cappotto.

Dalla brughiera il gufo emette di nuovo il suo verso e Pommie abbaia, lontano da quel mostro rotante.

Le finestre della casa del professore si animano di una luce flebile, che cresce, traballa e alla fine si stabilizza.

“Ecco: energia elettrica creata dal vento, senza usare nemmeno un pezzo di carbone. Sostiene che con questa stregoneria otterrà così tanta elettricità che potrà illuminare, oltre a casa sua, anche la via principale di Marykirk,” esclama scettica Mrs Vidow.

Il maestro arretra di un passo.

“L’energia elettrica è opera del demonio. È contro natura perché strappa i morti al sonno eterno. Sta tutto scritto qua.”

Il maestro Oisean picchia con le dita sulla copertina del libro.

“Il dottor Frankenstein con l’elettricità ha dato la vita a un ammasso di pezzi di cadavere. E quando si è pentito del mostro che aveva creato, ormai era troppo tardi.”

Mrs Vidow con un brivido distoglie lo sguardo dal libro e si stringe nello scialle che ha sulle spalle.

“E senza pensare ai minatori che verrebbero licenziati, se un’assurdità del genere dovesse mai funzionare!”

Il viso sorridente del professor James Blyth si affaccia oltre la siepe, li saluta timidamente togliendosi il cappello, e si accarezza la barba con un gesto lento e paziente.

A Marykirk è ancora presto perché arrivi l’energia elettrica. Non è tanto un problema di circuiti o condensatori, piuttosto di cervelli. Ma lui sa che prima o poi il mondo prenderà l’energia che serve senza bruciare nulla.

La produzione di energia e il cambiamento climatico

Provate a immaginare la nostra vita senza elettricità: non ci riuscite, vero? Certamente non riesco a immaginare la mia, senza elettricità non avrebbero potuto costruirmi!
La vita moderna non può fare a meno dell'energia elettrica per tutte le attività: dall'illuminazione all'alimentazione della nostra tecnologia, dalle case a tutti gli **elettro-domestici**, a tutti gli schermi della nostra vita, dallo smartphone alla tv, ai treni, agli aerei. Dal 1800, ossia dall'invenzione della pila di Alessandro Volta, l'energia elettrica è entrata in ogni aspetto delle nostre vite: letteralmente le illumina e, nel mio caso, la alimenta persino!
La **produzione di energia**, però, genera moltissimi gas serra: ne emette addirittura **un quarto di tutti quelli** che l'uomo produce e libera nell'atmosfera. Insieme con i trasporti e l'agricoltura, quindi, la produzione di energia è uno dei campi più importanti su cui noi tutti dobbiamo intervenire per dare una mano alla Terra e per contrastare il riscaldamento globale.
Ma come, direte voi, l'energia elettrica è un'energia pulita! Ci dicono sempre che prendere il treno, per esempio, è più ecologico che usare l'automobile. In realtà l'energia

elettrica in sé è sicuramente pulita, ma spesso viene prodotta usando gli stessi processi che emettono, invece, gas serra nell'atmosfera, ossia bruciando carbone, petrolio e gas naturale nelle centrali elettriche convenzionali.

Questo è un problema grave: non basta che l'elettricità sia pulita in sé, ma serve che **tutto il ciclo di vita dell'elettricità** sia **pulito** e produca pochi gas che provocano il riscaldamento globale. Vi ricordate quando abbiamo parlato delle automobili elettriche? Vale lo stesso discorso: le auto elettriche producono pochissimi gas serra (e in generale sono meno inquinanti delle auto alimentate a benzina e gasolio), ma dobbiamo chiederci sempre come è stata prodotta l'elettricità che le carica e che le ricarica.

La nostra vita richiede tantissima energia e, considerato lo sviluppo delle tecnologie informatiche, ne sta richiedendo di più: un numero maggiore di persone caricano e ricaricano computer, cellulari e tablet, e sempre più uomini, nelle estati torride del Mediterraneo, installano e utilizzano impianti di condizionamento dell'aria nelle case. Scommetto che anche a casa vostra li avete, per combattere il caldo umido opprimente.

È importante quindi agire sull'energia che utilizziamo: cominciamo a **non sprecare** e a spegnere tutto ciò che non stiamo utilizzando. Sprecare meno significa chiedere meno produzione di energia e lo possiamo fare tutti.

Felix e la foresta degli ambasciatori climatici

FELIX FINKBEINER (Germania, 1997-)

di Laura Walter

Il pianeta è in pericolo, le emissioni di CO_2 aumentano, i cambiamenti climatici sono una realtà che si studia a scuola.

È il 2007, Felix Finkbeiner, nove anni, è uscito pensoso dalla sua aula: c'è stata una lezione sui cambiamenti climatici, ma fra le tante previsioni catastrofiche Felix è stato colpito da qualcos'altro.

Una donna africana, hanno spiegato a lui e ai suoi compagni, ha combattuto lo sfruttamento e l'impoverimento dell'ambiente e delle popolazioni del suo paese piantando alberi.

Decine di milioni di alberi.

Wangari Maathai, premio Nobel per la Pace nel 2004.

Felix pensa agli alberi e al motto di Wangari: *Save the Land, harambee!*

Vuol dire "salviamo la terra, tiriamo tutti insieme!", come se fosse un tiro alla fune tra chi inquina e chi vuole salvare il pianeta e il futuro.

Il futuro appartiene ai bambini, questo pensa Felix.

Qualche giorno dopo, propone un progetto scolastico folle e meraviglioso: anche noi piccoli, in Baviera, in Germania, facciamo come Wangari.

Un milione di alberi piantati dai bambini.

Anzi: facciamolo in tutti i paesi del mondo!

PLANT FOR THE PLANE

Gli alberi sono il respiro della terra, assorbono CO_2, producono ossigeno.

Anche l'organismo internazionale che studia il fenomeno, l'Ipcc (Intergovernmental panel on climate change) afferma che la deforestazione, dovuta alle monocolture intensive, è tra le principali cause del riscaldamento globale.

Felix inizia dalla Germania: il 28 marzo 2007 pianta il suo primo albero. Poi, insieme a bambine e bambini che diventano sempre più numerosi, in un anno raggiungono 150.000 alberi.

Il progetto scolastico è realtà, e si espande: Felix nel 2011 fonda Plant for the Planet, piantiamo per il pianeta.

Sa che il tiro alla fune è contro nemici potenti e di alberi ne servono tantissimi.

Il 4 maggio 2011 pianta il suo milionesimo albero davanti ai ministri dell'Ambiente di quarantacinque nazioni.

Obiettivo: un milione di alberi per ogni paese, un trilione in tutto il pianeta!

Felix cresce, ora ha ventun anni, e con lui crescono centinaia di nuovi Ambasciatori di Giustizia climatica in 92 paesi del mondo, consapevoli, capaci di parlare, di contagiare e... piantare alberi.

Sul sito di Plant for the Planet c'è un contatore che dice in tempo reale a quanti alberi siamo: in questo momento siamo a 13.895.408.238!

Ragazzini di tutto il mondo che danno voce agli alberi, al respiro della Terra, che combattono per il loro futuro.

Riuscite a pensare a qualcosa di più entusiasmante?

Questa storia finisce qui: sembra breve, perché è ancora tutta da scrivere, e potete farlo proprio voi.

Allora diventerà un romanzo scritto con il vento tra le foglie degli alberi nuovi, moltiplicato come un tam tam di sorrisi di chi, piantando un albero, farà la sua carezza alla Grande Madre Terra.

E le carezze fanno crescere bene.

Dai una mano anche tu?

Il riscaldamento globale

Diamo una mano anche noi? Robottini compresi, si intende! Il riscaldamento globale è il problema più importante della Terra, ma tutti noi possiamo fare qualcosa. Io sono quaggiù, a raccogliere la plastica nel mare, e noi tutti possiamo scegliere quale parte della nostra Terra vogliamo curare di più: il suolo? Le foreste? I ghiacciai? La biodiversità? Quale sceglierete voi?
Abbiamo visto che la Terra è un meraviglioso e affascinante sistema complesso, in cui ogni componente è connesso a ogni altro e in cui la specie umana, l'antroposfera, ha un importantissimo ruolo da giocare: intervenendo su un componente in modo corretto si avranno effetti positivi sugli altri, perché facciamo tutti parte della stessa squadra, dello stesso mondo.
Sapete che da quando esistono i termometri l'uomo ha misurato la temperatura della Terra? E ha inventato i **pluviometri** per misurare le precipitazioni, le piogge e le nevi, e i **barometri** per misurare la pressione atmosferica e gli **igrometri** per misurare l'umidità dell'aria. Questi e altri strumenti meteorologici ci hanno permesso di capire come, quando e quanto sia cambiato il clima della

Terra. Proprio la nostra Italia, grazie ai discepoli di Galileo Galilei, è stato uno dei primi paesi al mondo a dotarsi di sistemi di misurazione delle temperature, delle piogge, della pressione, dell'umidità. Non a caso anche io sono nato in Italia! È proprio grazie a tutti questi strumenti che gli scienziati, nei secoli scorsi, hanno potuto riempire libri e libri con dati di temperature, di piogge, di pressioni, che oggi ci permettono di capire quanto la temperatura e le precipitazioni siano cambiate.

Grazie a questi strumenti e al lavoro di moltissimi scienziati possiamo ora dire che su tutto il pianeta la temperatura è aumentata di almeno un grado al secolo negli ultimi due secoli e mezzo; sono aumentate le temperature in tutte le stagioni, su tutti i continenti e in tutti i mari, e le piogge si sono ridistribuite.

Sapete cosa vuole dire? Significa che, per esempio in Italia, piove più o meno quanto due secoli fa, se pensiamo solo alla quantità di acqua. Immaginate di avere una macchina del tempo e di tornare all'anno 1800, quando Alessandro Volta ha inventato la pila; mettete un grande recipiente vuoto fuori di casa il 1° gennaio e lo ritirate il 31 dicembre: nell'anno 1800 avreste più o meno la stessa acqua raccolta con le stesse modalità nel 2019. Quello che è cambiato tantissimo è il numero dei giorni in cui piove (o nevica): **oggi le piogge o le nevi sono più rare ma più intense di prima**. Sono certo che i vostri genitori e i vostri nonni se ne sono accorti.

Il riscaldamento globale, lo abbiamo imparato, è dovuto ai gas serra emessi dall'uomo. Se non alziamo un dito e non piantiamo nessun albero, la temperatura aumenterà

ancora nel corso del XXI secolo. Gli sforzi delle Conferenze delle parti, gli sforzi di Greta, cercano di limitare questo incremento a solo 1,5 °C entro il 2100.
Ce la faremo? Se ce la mettiamo tutta, tutti, ce la faremo. Ma devi partire anche tu, devi metterti in movimento anche tu, come ho fatto io.

Noi come gli alberi

Il vento può spezzare un albero.
Una foresta, di tanti alberi diversi, ferma anche il vento.

Gigliola Alvisi
L'ulivo da sempre ascolta le storie del Mediterraneo. Le sue foglie argentate danzano lievi nei caldi venti estivi preparandosi a resistere a quelli aspri dell'inverno. I suoi minuscoli fiori bianchi annunciano per l'autunno la raccolta di olive succose e la produzione dell'olio nuovo. Come il suo albero, Gigliola ascolta e racconta le storie che accadono attorno al Mare Nostrum.

Luca Cognolato
Anche lui come l'olmo sopporta freddo e siccità, lo si può trovare da solo lungo i torrenti e ha una corteccia segnata da rughe; il suo fogliame è spesso spettinato e non necessariamente a causa del vento.

Emanuela Da Ros
L'abete rosso è un albero sempreverde, un respiro frizzante nel bosco. Non toglie spazio ad altri alberi ma ne condivide le essenze: svetta verso le cime e il cielo, ma sono le sue radici ancorate al terreno a dargli vitalità. Ed è adatto a fare festa!

Silvia del Francia
Se la cerchi, puoi trovarla seduta in giardino, ad aspettare che i fiori del mandorlo le annuncino la fine dell'inverno e il germoglio di una nuova storia. Come il suo albero ama farsi accarezzare dal vento e riesce ad adattarsi con facilità a qualsiasi tipo di terreno.

Giuliana Facchini
Come il frassino cresce un po' ovunque e si adatta alle difficoltà; resiste al caldo, al freddo, al vento, all'inquinamento. Non è né troppo elegante né troppo raffinata e, nonostante sia ben piantata a terra, si ostina a rincorrere sogni e storie da raccontare.

Beppe Forti
Come il larice, ha grande capacità di adattamento e può crescere solitario anche a quote elevate dove altri alberi non riescono ad attecchire. Tuttavia è in mezzo ai suoi simili che in autunno, prima di perdere le foglie aghiformi, dà il meglio di sé, colorando il bosco di ogni sfumatura dal giallo al rosso.

Indice